Narratori ◆ Feltrinelli

# Michele Serra
# Ognuno potrebbe

© Giangiacomo Feltrinelli Editore Milano
Prima edizione ne "I Narratori" ottobre 2015

Stampa Nuovo Istituto Italiano d'Arti Grafiche - BG

ISBN 978-88-07-03161-8

**www.feltrinellieditore.it**
Libri in uscita, interviste, reading,
commenti e percorsi di lettura.
Aggiornamenti quotidiani

# Ognuno potrebbe

*a Giovanna,
al suo lavoro*

*I am too young to feel this old.*

CALEB FOLLOWILL

*Nulla ti gira intorno
se giri attorno a te stesso.*

FEDEZ

# Uno

Nelle fotografie mi si riconosce perché sono l'unico che non fa niente. Non saluto, non rido, non faccio smorfie, non sventolo le braccia, non mostro pollici o indici secondo la mimica manuale in uso, non mi protendo verso l'obiettivo, non abbraccio il vicino, non ammicco. Niente. Non mi viene da fare proprio niente. Sono nient'altro che me stesso in tutta la mia inerte normalità, in un istante casuale tra i tanti che compongono la mia vita.

La mia presenza è così labile, in quel contesto di entusiasti, di ridenti e di danzanti, che corro il rischio di essere notato per contrasto. Chi è quel tizio che cerca di farsi riconoscere recitando la parte del catatonico? Io stesso, quando mi rivedo così poco partecipe in mezzo a quei corpi che sprizzano voglia di esserci, avverto la differenza con un certo disagio. E mi faccio delle domande impegnative. Quel rimanere un passo indietro che per centinaia di generazioni è parso opportuno o comunque beneducato, è forse diventato un atteggiamento asociale?

Forse, per evitare di sembrare sprezzante – la banale ragione è che non lo sono – dovrei vincere la mia naturale vocazione al sottotono e cominciare pure io a mettermi in posa, magari in una parte minore e poco impegnativa, sventolare un cappellino o mulinare le dita, strizzare un occhio o digrignare i denti o tirare i lobi delle orecchie di chi mi sta davanti, non so, qualsiasi cosa che mi renda simile agli altri nella movimentata coreografia dei tempi presenti.

Nel dubbio cerco di sottrarmi a qualunque inquadratura, di sfuggire a qualunque scatto. Cerco di non fare parte del cast, punto e basta. Per scongiurare il pericolo che qualcuno si chieda e mi chieda: ma quello che neanche guarda l'obiettivo e sembra lì per caso, chi cazzo crede di essere?

# Due

Tu hai ancora del macassar, mi dice Squarzoni ogni volta che passo a trovarlo. Di solito Squarzoni, quando mi parla, neanche solleva gli occhi dal tornio o dai cassettoni di ferro dove fruga in continuazione. Ma quando si tratta del macassar interrompe il lavoro, si volta verso di me e scandisce la frase guardandomi fisso, come per sottolineare che sì, mi sta rimproverando.

Lo so, nel capannone di mio padre c'è ancora del macassar. E anche parecchio. Credo una ventina di mezzi tronchi, almeno cinque o sei quintali l'uno. E ci dev'essere, nella rispettabile catasta, anche un bel po' di mogano, cocobolo, pernambuco, *bois serpent*. Un paio di tavole di jacaranda e ancora qualche pezzo di palissandro. Forse perfino preziosissimi avanzi di *pao violeto*, anche se non sono sicuro che sia proprio *pao violeto*. Potrebbe anche essere amaranto. O *bois de rose*.

Dice Squarzoni che da ragazzino sapevo riconoscere le essenze una per una. Ma da quando è morto mio padre, quasi dieci anni fa, sarò entrato nel suo capannone al massimo un paio di volte l'anno, mai fermandomi più di un quarto d'ora e solo per controllare che non ci siano perdite d'acqua dagli impianti o falle visibili nel tetto, e per ritirare da Squarzoni, nel capannone a fianco, quel poco di posta che continua ad arrivare, imperterrita, a nome di mio padre. Arrivano, certe bollette e certe lettere di ingiunzione, come la luce di certe stelle ormai spente da millenni. La morte ha potere su tutto, non sulla burocrazia.

Passando gli anni, e giacendo tutti quei legni e quei nomi nella loro catalessi, e io nella mia, le varie essenze non mi sembrano più così nettamente distinguibili. Ho perso dimestichezza con i nomi, le tinte, gli odori (tranne la puzza audace e solitaria del pernambuco).

Mi sono ripromesso tante volte di tornare con calma, passare un po' di tempo là dentro, possibilmente in una giornata luminosa per avere una definizione più nitida dei colori e delle venature del legname. Per esempio d'estate verso le sette di sera, quando la luce del sole scende dai finestroni obliqua e calda, senza l'abbacinante accanimento del giorno pieno, illuminando il capannone in ogni meandro con quieta precisione. L'ora in cui perfino mio padre, quando andavo a trovarlo con mia madre, pareva uscire dalla sua perenne ombra, ammantarsi di una luce chiara, decisa, le mani e il volto che spiccavano dal camice nero con un contrasto da quadro fiammingo. E sul camice, e sospeso attorno a mio padre, lo spolverio della segatura che in quella luce prendeva rilievo, sottilissima sabbia iridescente che gli impercepibili venti interni tenevano sospesa nell'antro.

Dev'essere stato in uno di quei pomeriggi – prima di congedarci come sempre, perché come sempre aveva ancora molto da fare – che il vecchio mi insegnò come si fanno gli incastri a coda di rondine. O ci provò, almeno, sfidando il mio scarso interesse. Perché di tutto quel paziente segare e incidere, piallare e incollare, mi sfuggivano il senso e il fascino. Se i momenti di fracasso, gli schiocchi e i sibili, la voce smodata delle macchine potevano attirare la mia attenzione di bambino, le lunghe pause, le misurazioni minuziose, il pedante cesello dei pezzi, il lavorio ossessivo con la carta vetrata mi annoiavano. Dopo pochi minuti, la muta immersione del volto di mio padre e del suo sguardo dentro un pezzo di legno diventava, per me, pura assenza. Già assente quasi sempre da casa, lo ritrovavo assente anche al lavoro, rapito da giustezze e incastri misteriosi; e ne ricavavo la conferma del fatto che mia madre e io eravamo, da quel luogo e da quella persona, esclusi.

Anche senza che me lo dica Squarzoni so che dovrei valutare meglio di che cosa si compongono, sotto le ragnatele ormai spesse come drappeggi, quelle grandi cataste odorose; quei legni che ancora essudano le loro resine e i loro profumi molto tempo dopo la doppia morte che li ha resi orfani, quella degli alberi di provenienza e quella del loro padrone e manipolatore.

A parte l'ordinaria provvista di legno nostrano, rovere, larice, noce, pero, ci sono imprecisati giacimenti delle preziose essenze tropicali che ogni ebanista importante ordinava, negli anni d'oro, per fare riserva, forse presentendo che prima o dopo sarebbero stati messi dei limiti a quei commerci di legname che avevano ancora il crisma, insieme seducente e sinistro, della predazione coloniale. Dalle foreste spianate ai nostri capannoni, deportati come grandi negri potenti, gli alberi dei Tropici tingevano di bruno, nero, rosso e viola i magazzini, facendo sembrare anemiche le cataste di legno domestico.

In una delle rare esternazioni sul suo lavoro (talmente coincidente con il sé da fargli sembrare impudico parlarne) mio padre mi spiegò che le razze degli alberi sono tali e quali le razze umane: più ti avvicini all'Equatore e al sole più sono colorate e scure. Più viaggi verso i Poli più sbiadiscono, fino al biancore quasi glaciale della betulla. Sulla scrivania del minuscolo ufficio, insieme ai libri contabili e al telefono, teneva un candido pezzo di betulla e un pezzo d'ebano lucente e nero. Quando mi innamorai di Agnese pensai di lei che era di betulla e di ebano; e mi sorprese constatare che una delle poche tracce impresse da mio padre nella mia infanzia fosse tornata utile per dare nome e forma a una persona, Agnese, per me così importante.

Squarzoni sostiene che là dentro ci sono centomila euro di legname. Probabilmente esagera. Ma anche fossero solo ventimila, sono quattrini che mi farebbero molto comodo, messo come sono messo. Perché non vendi almeno il legno allora, insiste Squarzoni, piuttosto che lasciarlo lì a far niente? Per non dire dei macchinari, la bindella, il pantografo, la squadratrice, le seghe a nastro, la Toupie, che senso ha tenerli lì dormienti, a prendere la polvere e la ruggine? Soltanto la Toupie, che è praticamente nuova, cinquemila euro li vale ancora tutti, crisi o non crisi...

Ma sì, prima o poi venderò tutto. È che sempre, quando si deve decidere delle cose di un morto, i suoi armadi, i suoi cassetti, i suoi luoghi, si esita, si rimanda, si teme che ogni decisione (tengo/butto/regalo/vendo) sia una profanazione, sovverta un ordine che la morte ha reso inespugnabile. Non saprai mai, di quelle venti cravatte, di quei dieci foulard, di quelle quattro paia di scarpe, quali davvero erano importanti, quali superflui, e il valore economico, vero o presunto, non è che un debolissimo indizio. E non stai esitando e patendo per conto del morto, che da quei cassetti e da quelle stanze è sparito per sempre, libero lui e libere le stanze; stai parlando di te, dei tuoi conti in sospeso con lui o con lei, non avergli fatto almeno qualcuna delle domande che vorresti fargli ora, nel silenzio e nel vuoto, ora che nessuna risposta può restituire un significato e una storia alle cose abbandonate.

Con quale funzione, e con quale grado di considerazione il macassar e il cocobolo, la squadratrice e la Toupie erano orchestrati in quel capannone, a disposizione del lavoro di mio padre? E se invece delle pretenziose essenze tropicali fossero stati l'onesto rovere o addirittura il povero larice a godere della massima considerazione di un uomo così tenacemente ordinario? Era la sega a nastro, col suo rumore prolungato e tagliente, la voce di macchina che lui prediligeva, o il ringhio breve e tronco della squadratrice?

Prima o poi vedrò di mettere ordine, catalogare, valutare, vendere quello che c'è da vendere. Compreso il capannone, che magari interessa a Squarzoni. Prima o poi.

# Tre

Corre verso i tifosi come un pazzo. Frenetico, in apnea, gesticolando. Scansa l'abbraccio dei compagni. Non vuole condividere un'estasi emotiva che è solamente sua. L'indice della mano destra vibra nell'aria, punta il pubblico in segno di accusa, *voi* non avete mai creduto in me, *voi* non mi avete mai capito. E invece sono proprio *io* che ho fatto gol (adesso si batte ripetutamente la mano sul petto, a palmo aperto), *voi* non ci credevate ma *io* sì, ho sempre continuato a credere in me.
Io.
Ferma la sua corsa a un passo dalla folla scomposta che urla il suo nome e preme contro la cancellata. Afferra la maglia con le mani, bacia quei colori tanto onorati, tanto impegnativi. Si decontrae di colpo. La testa, fin qui rigidamente incassata nelle spalle per quanto era teso, ritorna libera e normalmente mobile. La reclina di lato e scoppia in un pianto dirotto. Adesso è docile, quasi remissivo, e si lascia abbracciare dai compagni. Tornano insieme verso il centrocampo, al piccolo trotto, mentre la voce dello speaker scandisce il suo nome e il pubblico fa eco. Durata complessiva della sequenza: ventisette secondi.

Ricky propone di archiviare il file nel folto gruppo "esultanza polemica", ricco di sottoclassi, varianti, sfumature. Gli chiedo se non sia il caso di inaugurare un nuovo gruppo e chiamarlo "girone dei nevrastenici". Mi dice che faccio quella battuta ogni settimana. Gli dico che la faccio ogni settimana perché ogni settimana si ripropone, evidentissima, l'esigenza di una classificazione di tipo patologico del nostro materiale di studio. Mi dice che lavoriamo in ambito antropologico, non psichiatrico. Gli dico che "lavorare", nel nostro caso, mi sembra un termine eccessivamente solenne. Mi dice che è l'ora di un caffè, sempre che la macchinetta dell'Istituto sia stata riparata.

# Quattro

L'infermiera mi guarda e mi dice: lei è il marito?
Non proprio, dico, sarei il convivente. Ci sarebbe da capire perché diavolo mi sono definito convivente se neanche conviviamo, Agnese e io. È che la parola fidanzato, addosso a uno della mia età, mette una gran tristezza. Non che convivente sia molto meglio, ha un retrogusto questurino, di cronaca nera, "denuncia il convivente per le ripetute violenze"...
Intanto l'infermiera, non partecipe del mio dibattito interiore, finisce di dare un'occhiata ai suoi quattro fogli e mi dice che Agnese non ha niente di preoccupante. La Tac è a posto. Solo una ferita lacerocontusa alla fronte. Un paio di punti di sutura. Probabilmente, aggiunge, non rimarrà nemmeno la cicatrice, ma questo potrebbe spiegarmelo meglio il medico di guardia, ammesso di riuscire a parlargli, perché ha molto da fare. Il pronto soccorso – lo vede anche lei – è strapieno, dice l'infermiera. Poi, come se avere appena evocato l'indisponibilità del medico di guardia la promuovesse sul campo, autorizzandola a dire qualcosa di più scientificamente impegnativo, si sporge dal suo bancone e mi dice, con un mezzo sorriso: sindrome dello Sguardo Basso. È già la terza, da stamattina.
La guardo senza capire. La botta ha avuto conseguenze neurologiche? Agnese non riesce più a regolare l'altezza del-

lo sguardo? L'infermiera, vedendomi perplesso, approfondisce: la signorina camminava digitando. E se uno digita, non vede dove mette i piedi. È scesa dal marciapiede senza accorgersi della bicicletta. Noi qui la chiamiamo sindrome dello Sguardo Basso.

Me la vedo: coi riccioli sospesi sul volto, i begli occhi neri chini sulla tastiera, l'egòfono nella mano sinistra e la destra che digita febbrile, un passo giù dal marciapiede magari per scansare un'auto parcheggiata o un altro digitambulo come lei, il ciclista che non riesce a frenare e la prende in pieno, lei che per prima cosa, anzi primissima, cerca l'egòfono per terra e controlla che non abbia subìto danni; e soltanto dopo la perizia tecnologica si dedica a quella fisiologica, si tocca la fronte, vede le dita bagnate di sangue. Si sarà pulita prima la fronte o prima le dita, per non sporcare la tastiera? Si saranno spiegati, magari scusati, lei e il ciclista, nella sbrigativa maniera delle nostre parti, dove ogni incidente è una colpevole interruzione del doveroso dirigersi di qua o di là?

Mi guardo intorno per scoprire chi potrebbero essere gli altri due digitambuli feriti, quelli con la stessa sindrome di Agnese. Il ragazzino con l'avambraccio fasciato? La signora in barella, che aspetta gemendo il suo turno? L'africano seduto sulla panca, senza lesioni apparenti ma con una donna anziana che gli tiene la mano? Impossibile stabilirlo, la sindrome è nuova di zecca ma i suoi effetti sono antichi come l'uomo: scortecciature, ecchimosi, fratture, traumi e spaventi uguali identici a quelli del troglodita che scivola sul sasso viscido o cade dall'albero. Tecnologie molto avanzate – è ripartito il mio muto dibattito interno – per scimmie comunque sempre fragili e arrancanti, sempre ugualmente vulnerabili. In fondo siamo cambiati molto poco, dico sovrappensiero e a mezza voce all'infermiera. Ovviamente non capisce, ha troppo da fare, mi consegna il referto e si dedica ad altre faccende.

Arriva Agnese, con una vistosa benda incerottata sulla tempia destra. Non è più pallida del solito. Del suo pallore quasi venusiano in altri momenti ho fatto ragione di profonda ammirazione: scura di crine, chiarissima di pelle, Agnese nuda emette una luce cinematografica, da bianco e nero che imprigiona i sensi. Adesso però il suo pallore mi ispira, nella luce neonica di quel triste atrio, solo fragilità. Le vado incontro premuroso ma lei rifiuta l'abbraccio e respinge ogni soccorso dicendo secca: non mi dire niente. Già non mi sembra più tanto fragile. Non le dico niente, la prendo sottobraccio e usciamo. Fuori, sul largo marciapiede davanti al pronto soccorso, il fumo di sigaretta si mescola a voci umane destinate, tutte, non al vicino di capannello, ma al cielo che le trasporta, via egòfono, a destinazioni remote. (Passano i digitambuli, nel vasto mondo attorno, a migliaia, a milioni, assorti nei loro rettangolini di luce fredda, così fredda che neppure gli si riverbera sul viso. Lo sguardo rivolto in basso rende la loro fronte piana; le palpebre a mezz'asta fanno schermo alle pupille, nascondendo anche il colore degli occhi. Sono volti inabissati, volti che hanno abbandonato il volto. Hanno tutti qualcosa di sospeso: uno star dicendo, uno star facendo che deve avere avuto un inizio e certamente avrà una fine, ma non adesso. Adesso tutto è solo e sempre in corso, e soprattutto non è qui che è in corso. Attraversano questi posti e queste giornate come se non li riguardassero. Passano soltanto.)

Nelle fugaci conversazioni sull'incidente, nei giorni seguenti, Agnese tende a ridimensionare: è stata una banale distrazione, la piccola variante di una casistica vecchia come il daffare umano, la martellata sul dito, l'ustione da padella afferrata male, la caduta dalla scala appendendo un quadro, la slogatura da marciapiede scassato. Quando cerco di introdurre il concetto di "salto di qualità", sostenendo la causa inedita del suo impatto con il ciclista, alza le spalle e sorride affettuosa, come si fa per rabbonire il fanatico, per abbassare i toni. Lei, devo ammetterlo, in queste cose mi fa da contrappeso, riporta alla normalità ciò che a me sembra impressionante e irreparabile. Non proprio come Ricky, che anche in una guerra atomica vedrebbe un ulteriore gradino, magari un poco sconnesso, della progressiva ascesa dell'uomo verso un superiore livello di civiltà; Agnese non è ideologica, è solidamente pragmatica, le questioni del divenire sociale la riguardano solo in casi eccezionali, se uno non si è fatto troppo male vuol dire che non è successo niente di grave e non vale la pena tornarci sopra, sprecare fiato, consumare energie. Ne riparleremo, della sindrome dello Sguardo Basso, il giorno che lei o io o un altro dovessimo lasciarci la pelle, o almeno una gamba. Questo pensa Agnese. Non facciamola troppo lunga.

Saperla imperturbabile mi solleva, significa che è uscita indenne dall'incidente. Per me è molto importante che lei stia bene: anche egoisticamente parlando. Il corpo in bianco e nero di Agnese, nonostante siano ormai quasi cinque anni che ci frequentiamo, è uno dei pochi segnali forti che il mondo ancora mi indirizza. Il resto sta diventando piuttosto indeterminato, quasi sconosciuto, come se io fossi qui solamente in visita. Come se da un momento all'altro qualcuno dovesse comunicarmi che la visita è finita e devo tornarmene a casa mia. Allargando le braccia, dovrei spiegargli che non saprei proprio dove andare, perché *questa* è casa mia. Esattamente questa. Trasfigurata però – come nei sogni – in tante irriconoscibili stanze.

# Cinque

Mi sono perso a pochi chilometri da casa, lungo le strade che percorro da una vita. Diciamo che quello è stato il *mio* incidente; qualche giorno prima dell'incidente di Agnese. Verso l'ora di cena. Buio fitto. Abbastanza traffico, il traffico endemico che scampa a qualunque crisi, tutta gente che pensa dell'altra gente – ombre appena intraviste dietro il parabrezza – chissà dove diavolo sta andando, chissà perché non se ne rimane a casa.

Foschia quanta ne basta a cancellare le luci sulle montagne, verso nord, solo punto di orientamento affidabile per chi vaga in questo piatto dedalo. Il tratto di provinciale che porta a casa mia, appena fuori Capannonia, è interrotto. All'improvviso, nella caligine scura, vedo l'auto che mi precede rallentare e girare a destra. Una fila di torce messe di sbieco sull'asfalto interrompe la carreggiata. Non si vede, dietro la striscia di fiamme, quale sia la causa dell'intoppo. Sagome umane con maniche catarifrangenti e palette autorevoli indirizzano il traffico verso una laterale.

Presi alla sprovvista, gli automatismi della guida quotidiana cedono il posto a uno scoordinato sentimento di allarme. Alla prima rotonda, nella fretta di ritrovare subito la rotta di casa, devo avere sbagliato uscita. Gli errori alle rotonde sono micidiali, basta un angolo di pochi gradi e in un paio di chilometri si genera un abisso tra il posto dove credevi di essere e quello dove ti ritrovi.

Alla seconda rotonda cerco soccorso nei cartelli che indicano un paese, quelli azzurri. Quasi introvabili nella selva dei cartelli gialli: nomi di ditte e aziende, i luoghi di carico e scarico meta dell'esercito di furgoni e camion. Ora che si carica e scarica molto meno, quella foresta di destinazioni trascurate, di insegne dismesse, sembra ancora più fitta, come se solo la loro inutilità ne rivelasse la quantità esorbitante.

Brancico con le dita sui tasti del navigatore. La voce chiara di ragazza che subito mi intima di "raggiungere il punto di avvio dell'itinerario" contrasta con lo stato di consunzione della mia Ford del 2002. La mia auto parla con voce sessuata ma è in menopausa da anni. Se la tecnologia non fosse mentitrice – messa lì per rendere lucente e sonante il nostro banalissimo tran tran – il mio navigatore dovrebbe essere una vecchia con la voce chioccia che mi dice di non avere la più pallida idea di dove cazzo siamo, lei e io, e tanto meno di dove stiamo andando.

Le rotonde sono milioni, da queste parti. Produciamo rotonde. Di tutto il resto è come se si fosse perduto l'originale, la madreforma dalla quale le cose scaturiscono in file ordinate, con l'energia di un esercito in marcia. L'esercito delle merci si è fermato. Forse è solo un lungo bivacco, forse qualcuno ha dato il definitivo "rompete le righe", ancora non è chiaro. Ma le rotonde no, loro continuano a nascere, in misteriosa autonomia. La loro corolla discoidale sboccia ovunque come se quell'unica specie avesse capito come moltiplicarsi mentre intorno disseccano, uno dopo l'altro, tutti gli altri fiori. Le rotonde sono la sola evidente genia vitale in questo sterminato deposito di muri silenziosi, capannoni vuoti, case scure che dietro ogni luce celano stremati calcoli domestici.

Essendo impossibile stabilire quale sia "il punto d'avvio dell'itinerario" prendo l'uscita che mi pare più logica, seguendo il flusso principale del traffico lungo uno stradone che ricordo di avere già frequentato, tangente un'ulteriore mandria di enormi capannoni. Se possibile, fare inversione a U, dice intanto la ragazza. Nelle indicazioni più perentorie diventa decisamente sexy, e dunque ancora più incongrua a bordo della mia macchina. Disobbedirle è quasi eccitante: preferisco tirare diritto contando di arrivare, in pochi chilometri, alla superstrada che dovrei prima o poi incrociare. Tacito dunque quella voce, contrariato dall'ostinazione con la quale mi invita a ritornare indietro. Indietro dove?

Il mio ricordo, di qui in poi, si fa confuso. Una stradina tra i fossi ritenuta utile come scorciatoia per sottrarsi a un incipiente ingorgo, un altro paio di svolte a casaccio, ulteriori rotonde che mi frombolano dove non voglio e non so, infine un nuovo stradone che non ricordo di avere mai percorso. Nonostante il buio mi sembra di ritrovarmi in un posto particolarmente brutto, e vi assicuro che la bruttezza, dalle nostre parti, è ben di rado una particolarità. Ristagna, la bruttezza, come una nebbia pesante, untuosa. Nelle rare giornate di vento mi sorprendo a ripetere l'esercizio che mi aveva insegnato mia madre da bambino: "Chiudi gli occhi e riaprili di colpo: magari il vento si è portato via qualcosa".

Ricky non è d'accordo, si sa. Io voglio bene a Ricky anche in ragione del suo principale difetto: è sconsideratamente ottimista, perfino a dispetto dell'evidenza. Quando sta per rendermi partecipe di qualche riflessione positiva me ne accorgo perché si leva gli occhiali e mi fissa, avvicinando la sua faccia alla mia, come per essere sicuro che la minore distanza imprima meglio le sue parole nel mio cerebro: è un ottimismo, quello di Ricky, che non ammette diserzione. E poi mi spiega, sempre fissandomi, che le cose non sono messe come penso io, cioè piuttosto male, ma come pensa lui, cioè piuttosto bene.

La mia versione è questa: siamo nati e cresciuti, io Ricky e una moltitudine di altri, in un luogo peggio che brutto. Un luogo deforme. Una successione di sagome spaiate, senza nesso l'una con l'altra, come se un giocattolaio in fallimento avesse rovesciato per terra, in una crisi di nervi, tutti i pezzi delle costruzioni rimaste invendute negli ultimi cento anni. Ai tempi della sua maggior gloria, dicono che questa folle poltiglia abbia avuto, almeno, una sua vivacità, come se ogni pezzo contenesse ancora tracce dell'energia che l'aveva sparato sulla faccia della terra. Ma ora che ogni cosa giace inerte, abbandonata lungo una superstrada o una circonvallazione, o ai bordi del parcheggio di un ipermercato, il disordine è aggravato dall'inutilità. L'inutilità svela ciò che l'uso febbrile delle cose ci impediva di vedere. Le nostre cose non hanno più neppure l'unico alibi che le giustificava, essere utili. Ora che quasi nessuno le adopera più, finalmente possiamo vederle per ciò che davvero sono.

Datemi retta, questo è un posto di merda. Ci sono nato e cresciuto, e dunque mi sento obbligato a volergli almeno un poco di bene. Ma non sono così stupido o così distratto da non rendermi conto che questo è irrimediabilmente, definitivamente un posto di merda.

La versione di Ricky, inutile dirlo, è molto diversa. Cerca di spiegarmi da anni che non si dice "posto di merda". Si dice "non luogo". Non credo sia proprio così. Per quanto lacunosi siano stati i miei studi di sociologia, mi sembra di ricordare che i "non luoghi" siano le grandi aree informi dove si staziona o si transita in massa, tipo i centri commerciali, gli aeroporti, i caselli autostradali. Non mi risulta che un'area di migliaia di chilometri quadrati, fittamente popolata, che ingloba all'interno del magma infinito di capannoni e rotonde anche milioni di case, decine di città, centinaia di paesi, possa fingere di essere un "non luogo" pur di darsi un tono. È un luogo, maledizione. Di merda, ma proprio un luogo.

Ma Ricky è irremovibile. È convinto che tutto o quasi quello che ci circonda sia un "non luogo", e lo dice con un tale entusiasmo nello sguardo miope, agitando gli occhiali con la mano destra e scandendo autorevolmente le parole, che non me la sento di contraddirlo.

Noi abitiamo in un non luogo, mi dice Ricky agitando gli occhiali e fissandomi con tutta la gravità intellettuale della quale è capace. Non volendo inasprire più del necessario la nostra discussione, non aggiunge che dobbiamo esserne molto contenti. Ma sicuramente lo pensa.

Ricky fa seguire, quasi sempre, un'esposizione semidotta delle caratteristiche salienti del non luogo. La più saliente è l'assenza totale di caratteristiche salienti. Non è città e non è campagna, non è centro e non è periferia, non assomiglia a niente di specifico e dunque assomiglia a qualunque cosa, non è gravato di memoria e non introduce ad alcun futuro, non ha le forme pensate dell'architettura ma nemmeno la spontaneità del caos, non ha pretese di eleganza ma neppure il vigore della volgarità.

Ditemi se non è la descrizione perfetta di: posto di merda.

È incredibile quante frottole siamo capaci di raccontarci, qui dalle nostre parti, quando si tratta di rimandare un bilancio, o di non farlo affatto. Piuttosto che ammettere di avere devastato, in un paio di generazioni appena, un posto che dicono essere stato quasi bello, secondo alcuni molto bello, e che adesso è una notevole, consolidata merda, quelli come

Ricky sostengono con ponderatezza, forse addirittura con una punta di soddisfazione, che si tratta di un "non luogo". Se non un privilegio, vivere in un "non luogo", e viverci a milioni, deve sembrargli una frizzante novità. Siamo coinvolti, pur senza averne alcun merito, in un gigantesco esperimento dagli esiti imprevedibili. L'avvenire è lì che gira in questa o quella rotonda, e prima o poi troverà lo sbocco giusto, con o senza navigatore sexy che glielo indica. Così è la vita nei non luoghi, secondo quelli come Ricky: un'opportunità al momento indecifrabile, ma certamente a portata di mano.

E dunque sono qui che vago per i non luoghi non ritrovandone più il bandolo, facendomene per giunta un rimprovero perché – penso – dovrei conoscerli a memoria per quanto lunghi e larghi e per quanto di fisionomia labile, sciattamente anonima. Perché questi, luoghi o non luoghi, sono i *miei* luoghi, ci sono nato e cresciuto e ci sto invecchiando (se penso che sto per compiere trentasei anni, dico trentasei, mi viene da piangere. Così vecchio, così disorientato, così fuori luogo, anzi fuori non luogo).

Eppure non posso essere troppo lontano da casa mia. Pochi chilometri, una ventina al massimo anche volendo attribuire all'errata uscita dalle rotonde la massima gittata. Una volta zittita la bella figa che si ostina a viaggiare (peggio per lei) nella mia macchina, mi sembra di raccapezzarmi meglio. Ogni tanto sfioro una stazione di servizio o un gruppo di villette o un cavalcavia che mi è familiare. Il problema è che *tutte* le stazioni di servizio, *tutti* i gruppi di villette e *tutti* i cavalcavia mi sono familiari. Ed è proprio per questo che non riesco più a distinguerli l'uno dall'altro. Al familiare, francamente, preferirei il sorprendente, lo sconosciuto, l'esotico: avrei perlomeno la certezza dell'estraneità. Potrei esclamare a bocca aperta: oh cazzo! Ma guarda tu dove sono finito!?

Mai visto niente di simile! Ma dove siamo qui, ad Acapulco? In un villaggio del Borneo? A Nantucket? Nell'oasi mauritana? Nella tundra mongolica?

Essermi *davvero* perduto sarebbe, al tempo stesso, una vertiginosa certezza e un'entusiasmante liberazione. Invece dico: mi sembra di conoscerlo già, questo posto. Mi sembra di conoscerli tutti, i posti qui intorno. E proprio per questo non so più dove sono.

Dopo almeno mezz'ora di guida a tentoni mi ritrovo, senza capire come, su una strada parallela a quella dove, in lontananza, vedo brillare le torce del posto di blocco. Sono tornato, dunque, al punto di partenza, e per giunta non posso nemmeno darne la colpa alla ragazza che mi guida, sono io che l'ho zittita. Solo un campo di stoppie mi separa dal punto di origine della mia lunga deviazione. Spengo il motore e nel farlo – come se spegnere il motore volesse dire riaccendere ingranaggi fin lì silenti del mio cervello – mi rendo conto che la serata è libera, sgombra, non ho impegni, niente di speciale da fare. La frettolosa ansia di poco prima mi sembra insensata, il frutto di un'abitudine e non di un'esigenza, lo strenuo riflesso di un formicolare un tempo vorticoso e ora sempre più lento, sempre meno indirizzato a uno scopo. Imitazione di noi stessi. Scendo dalla macchina per guardarmi intorno e appena sceso sento svanire l'ansia, come se l'ansia fosse rimasta, insieme alla Gran Figa, dentro al cruscotto spento. Apprezzo lo schiaffo del freddo. Mi incammino lungo uno stradello sterrato in direzione dell'incidente.

A mano a mano che mi avvicino, camminando in fretta e contento di essermi riappropriato di me stesso (nessuno può intimarmi, adesso, di fare inversione a U), metto a fuoco i contorni di un gruppo di persone, pochi metri più in là del posto di blocco. È appena un capannello, mentre mi sarei aspettato un intoppo notevole. Non si vedono sagome di rimorchi rovesciati o macchine accartocciate. Solo una decina di persone in cerchio intorno a qualcosa. Un morto, penso. Ma come mai, dopo mezz'ora, ancora abbandonato sull'asfalto? Non si vedono ambulanze. Nemmeno macchine della polizia.

Raggiungo il capannello. Il morto è un cinghiale. Alcuni lo fissano immobili, altri digitano sull'egòfono o parlano all'egòfono, io non riesco a trovare una logica nella scena: davvero da almeno mezz'ora la provinciale è bloccata da un cinghiale morto? Perché nessuno lo ha portato via o lo ha spostato sul ciglio della strada?

Il cinghiale giace scuro nello scuro. Per vederlo bene ci si deve avvicinare a pochi passi, mi sembra enorme, soprattutto la testa nella quale l'unico occhio visibile, minuscolo e spalancato, riflette la luce delle torce, come una favilla inspiegabile in tutto quel nero. Sul groppone il pelo irto fa intuire lo stress dell'impatto, ma l'insieme è incredibilmente composto. Non c'è sangue. Le zampe sono adagiate e diritte, la macchina deve averlo preso in pieno ammazzandolo, per così dire, nella sua interezza, senza farne scempio. Anche le zanne sono intatte. Tocco le setole, dure come spazzole. Da vicino il muso è veramente smisurato, sembra grande quanto il corpo. È la mostruosa sproporzione tra il cranio zannuto e il resto a rendere così minaccioso l'aspetto del cinghiale, e soprattutto la sua corsa: la carica di un'enorme testa quasi sospesa nel vuoto. Una sagoma incongrua, come le bestie mitologiche che assemblano pezzi di creature differenti: su un corpo nervoso e veloce, quasi da cane, la faccia pesante e lorda del porco.

Qualunque bestia, comunque, in questo posto risulta estranea. Qualunque apparizione di natura è ormai incomprensibile.

Chiedo a un signore anziano che cosa sta succedendo. Senza nemmeno guardarmi risponde "lo vede anche lei", che è una tipica spiegazione delle nostre parti, refrattaria alla retorica, alla confidenza, all'affabilità e insomma a tutte le futili bellurie sentimentali che attardano inutilmente le conversazioni. Mi sento dunque a casa e tra i miei simili, in un certo senso rinfrancato, perché lo sgarbo, qui da noi, non è una manifestazione di ostilità, è una specie di segno di riconoscimento tra sgarbati. Quasi un vincolo identitario. Sei sgarbato? Be', allora sei dei nostri. Significa che non hai tempo da perdere.

Per un istante, grazie a quel vecchio, la scena assurda di un cinghiale morto che interrompe la viabilità di mezza regione mi sembra più o meno archiviabile. Basta un "lo vede anche lei", in fondo, a illustrarla. C'è un cinghiale morto. Prima o poi qualcuno lo leverà di mezzo e per cena saremo a casa. Tutto qui. Ma la spiccia sapienza che contraddistinse, un tempo, il nostro popolo laborioso, è un preludio ingannevole. Perché subito dopo prende parola l'assemblea degli astanti e irrompe sulla scena, ben più verbosa, ben più comunicativa, la nuova Capannonia. La Nuova Umanità che l'abita, e di rotonda in rotonda la innerva della sua inquieta scienza.

Un tizio più o meno della mia età, con le mani ficcate nelle tasche di una giacca a vento nera, dice che sono stati gli animalisti: "Lanciano i cinghiali dai camion e rovesciano secchi pieni di vipere dagli elicotteri".

Senza sollevare gli occhi dall'egòfono, una ragazzina bionda e nervosa replica (se ha senso il verbo "replicare", trattandosi di asserzioni del tutto autosufficienti, sorde alla precedente e indifferenti alla successiva) che sicuramente il cinghiale è fuggito da un laboratorio dove si fa la vivisezione, oppure da un circo.

Un terzo, sulla cinquantina, ride acidissimo dicendo che

tanto non ci diranno mai niente di chiaro, perché *loro* le cose le tengono nascoste.

Un quarto uomo corpulento e di età indefinibile, reso misterioso da un berretto di lana calato fino alle sopracciglia, dice che i cinghiali perdono l'orientamento a causa delle scie chimiche degli aerei militari.

Un quinto uomo parla fitto nell'egòfono facendo cenno agli altri, con l'altra mano, di non avvicinarsi troppo al cinghiale e di fare silenzio; fa capire che si sta documentando presso sue qualificatissime fonti, chiede come ci si deve comportare nel caso che la bestia sia contagiosa.

Una signora, infine, fresca di messimpiega e inopinatamente allegra, continua a chiedere o forse a chiedersi a mezza voce, meravigliata, sorridente, "ma che bestia è?", come se la parola cinghiale non echeggiasse tutto intorno da un bel po', come se il solo elemento di conclamato accordo tra i presenti non fosse che quello era un cinghiale prima di morire ed è un cinghiale anche ora che giace, enorme e scuro, ai nostri piedi. Ma alla signora evidentemente sfugge perfino l'esiguo filo conduttore della conversazione (si fa per dire) che anima il capannello; rappresenta, la signora, un ulteriore passaggio verso il sublime autismo che annulla, tutto attorno, quasi ogni vincolo tra il mondo materiale e la sua percezione, tra la realtà delle cose e l'esperienza delle persone. Il "ma che bestia è?" della signora si colloca, dunque, all'estremo opposto dell'asciutto "lo vede anche lei" che ho udito pronunciare, appena un paio di minuti fa, dal primo oratore della serata. Ne è la smentita definitiva. L'antitesi perfetta. No, non lo vede che è un cinghiale, neppure se un apposito cartello con scritto in stampatello CINGHIALE fosse proposto alla sua attenzione; neppure se il cinghiale in persona, risvegliandosi per l'occasione, le dicesse "signora, mi creda: io sono un cinghiale".

Poiché quasi tutti hanno l'auricolare, e mentre parlano tengono prevalentemente lo sguardo o sull'egòfono o sul cinghiale al centro dell'assembramento – di rado sul viso degli altri –, di ogni frase è difficile capire se sia rivolta ai presenti oppure a un interlocutore remoto. È come se l'insieme delle parole al vento fosse diretto al primo disponibile a raccoglierle, sia la sorella collegata da casa sia il tizio che staziona in carne e ossa cinque metri più in là. Sarà che siamo disposti in cerchio, ma mi viene da pensare che siamo anche noi, casuale decina, una specie di rotonda in carne e ossa, con le diverse ipotesi sulla presenza del cinghiale che fungono da uscite, nessuna però bene indirizzata e tutte fuorvianti. Sono diventate spaesanti anche le parole, qui a Capannonia, come tutto il resto.

Manca la tesi del suicidio del cinghiale. Forse una delusione d'amore. Forse un gesto di protesta contro la nuova legislazione sulla caccia. Ma se il nostro crocchio rimanesse qui ancora un po', qualcuno la avanzerebbe certamente. Al pari delle altre ipotesi fin qui azzardate, non ha nessuna importanza che sia vera, neanche verosimile, perché la funzione di quelle parole non è trovare una spiegazione ragionevole all'accaduto, ovvero alla presenza di un cinghiale in mezzo alla pianura, a non so quanti chilometri dalla prima boscaglia. La funzione di quelle parole è mostrarsi all'altezza della circostanza, ovvero non sorpresi, non impreparati, persone informate, valorosi esponenti del circolo "A me non me la danno mica a bere".

Non saprei dire quando sia cominciata esattamente, qui dalle nostre parti, questa faccenda dell'"a me non me la danno mica a bere". Forse covava già sottotraccia, come un batterio dormiente, incistato nei soggetti più sospettosi, più suscettibili, che poi si è insinuato in tutti gli altri. Sta di fatto che di colpo, come per un contagio improvviso, quasi tutti hanno cominciato a sentirsi uno al quale non la si dà mica a bere; e a scoprire verità occulte e trame sordide, qualcosa che qualcun altro aveva fin lì tenuto nascosto all'evidenza per trarne lucro o potere.

Il problema è che raramente emerge, dal borbottio diffuso, lo svelamento della stessa trama, cosa che consentirebbe se non a tutti almeno a molti di stringere alleanza contro il Male; no, è un proliferare di trame quasi mai apparentabili tra loro, un brulicare di rivelazioni l'una più misteriosa e infausta dell'altra; picchiettando sull'egòfono chiunque è in grado di farne sortire una verità più grave e più insidiosa di quella appena scoperta dal vicino.

È come se ognuno scrutasse sempre nel proprio pozzo e solamente in quello, ognuno alle prese con le sue tenebre interiori, i suoi personali rumorini stillanti che emergono dal profondo, i suoi effluvi cavernosi. Immaginatevi una pianura grande quanto è grande questa qui, con milioni di pozzi, e a ogni singolo pozzo una singola tizia o un singolo tizio che guarda di sotto borbottando e imprecando. Se alza la testa è solo per annunciare agli altri che nel suo pozzo si vedono cose che gli altri neanche se le immaginano; e per rimproverarli di non essere capaci di vederle.

Lo comprova il fatto che in questa assemblea improvvisata attorno alla bestia morta, nonostante le varie letture della scena siano totalmente incompatibili (l'una con l'altra, e tutte quante con l'evidenza delle cose), nessuno litiga, nessuno discute per davvero. Forse neppure il ragazzo che accusa gli animalisti e la ragazza che accusa il circo hanno considerato che, sia pure approssimativamente, le loro parole, messe insieme, potrebbero dare vita a una discussione. Nessuno parla veramente con qualcuno e nessuno risponde a nessuno.

Noto, ma solo dopo un po', un ragazzino silenzioso. Quindici o sedici anni, indossa una tuta da meccanico, sporca di grasso. Alto, magro e scuro, gli occhi nerissimi fissi sul cinghiale emettono l'identico bagliore di torcia riflessa. È di fianco a me e gli domando, a bassa voce, perché non dice niente. Risponde timido: perché non so cosa dire. È a lui che chiedo se conosce una strada alternativa per casa mia. Mi dice che la sa, e me la spiega.

# Sei

Mi chiamo Giulio Maria, figlio di Giulio e di Maria. Tutti mi chiamano solamente Giulio, ma io porto il nome di entrambi i genitori per suggellare il semiprodigio rappresentato dalla mia venuta al mondo: unico figlio e nato molto tardi, nel 1980 mia madre aveva quarant'anni, mio padre sessantadue, non ero più atteso. Il "molto tardi" della mia nascita avrebbe dovuto riguardare, a rigor di logica, solo i miei genitori: era a loro che era capitato di generare "tardi", rispetto al corso delle loro vite. Per me, come per ogni nuovo nato, non era presto né tardi, mi ero presentato puntualmente al mio inizio, come tutti, rispondendo alla convocazione. Eppure la frase "Giulio è nato tardi", fin da quando ne ho avuto contezza, avendo me, solo me, implacabilmente me per soggetto, ha finito per sembrarmi, se non un atto d'accusa, la sottolineatura di una scelta. Forse coraggiosa, certo stravagante: nato tardi.

Erano tutti molto felici di vedermi arrivare, e non mi hanno mai dato motivo di dubitarne. Ma nella realtà delle cose, e per colpa di nessuno, sono nato anacronistico, figlio di un uomo del quale avrei potuto o meglio dovuto essere il nipote; tra me e mio padre, in due sole generazioni, copriamo biologicamente lo smisurato periodo che va dal telegrafo a Twitter, dal dirigibile al drone, da Hitler a Obama... Un azzardo biologico che non può non produrre scompenso e fragilità: se penso a noi due penso alle aste di un compasso costretto, per un errore di calcolo, a tracciare una circonferenza largamente superiore alla sua portata; fino a spezzarsi; fino a che tra le due aste non esiste più alcun nesso. Con il passare degli anni ho finito per attribuire la mia tendenza allo spaesamento, al sentirmi poco sintonico con ciò che mi circonda, proprio alla forzatura anagrafica costituita dalla mia nascita.

Sono uno che è nato tardi.

Fu la madre di mia madre, nonna Isabella, forte della sua autorevolezza matriarcale, a stabilire che io dovessi chiamarmi con il nome completo di quella coppia considerata esausta e invece, a sorpresa, divenuta produttiva. Il nome giusto, a ben vedere, avrebbe dovuto essere Giulio & Maria, come una ditta, essendo le ditte, qui da noi, l'alfa e l'omega.

Niente a che fare, comunque, con le ditte. Io sono, ehm ehm, antropologo ricercatore. Faccio parte di un gruppo di lavoro che studia l'esultanza dei calciatori. È un contratto a termine, una specie di dottorato ma non proprio un dottorato. Una borsa di studio ma non esattamente una borsa di studio. Qualcuno lo definisce un master, qualcun altro uno stage, nessuno si azzarda a dire che si tratta, con ogni evidenza, di un sussidio di disoccupazione mascherato da attività paraaccademica, con contributi regionali e nazionali, alto patrocinio di questo e di quello, sponsor privati, una folla di istituzioni ed enti che tutti insieme riescono a scucirmi qualcosa come settecento euro al mese, dico settecento, per la durata di anni due. Non avessi da parte qualche risparmio di famiglia avrei le toppe al culo. Con l'alto patrocinio di questo e di quello, ma pur sempre toppe.

# Sette

Mio padre era un uomo silenzioso. Pronunciava solo le parole indispensabili alla logistica familiare, orari, scadenze, cose da fare o seccature da scongiurare. E anche quelle poche parole a voce molto bassa, la sua voce esile che andava ulteriormente assottigliandosi con la vecchiaia.

In quella voce percepivo, da bambino, debolezza. L'inconfessabile rimprovero che covavo nei suoi confronti – essere vecchio – si rinfocolava quando lo sentivo parlare con mia madre. Quasi sempre per smontare, con poche parole evasive e morbide, ogni proposito che urtasse il suo desiderio di starsene in pace in laboratorio, a fabbricare mobili e cornici. "Papà è in laboratorio": spesso anche la sera dopo cena. Nella versione scherzosa, "papà vuole più bene al macassar che a noi". In quella depressa, "non ho la minima idea di quando quell'uomo possa rincasare". In quella aggressiva, "telefonagli tu, magari a te dà retta".

Mamma, bella e irrequieta, proponeva viaggi, divertimenti, cene, sussulti di vita. Non avevo abbastanza anni per intendere se questa sua smania di novità fosse animata solo da noia coniugale o da precisi propositi di infedeltà. Vedevo solo, in quel gioco delle parti quasi quotidiano, un'accensione – mia madre – e uno spegnimento – mio padre.

Il primo ricordo cosciente che ho di mia madre è fatto di luce e di pericolo. Mi portò con sé, piccolissimo, alle prove di uno spettacolo che un suo vecchio amico voleva mettere in scena. Nel cono vivido dell'occhio di bue il suo chiaro viso spiccava, perlaceo, nelle tenebre del teatro. Il trucco ne marcava i lineamenti, occhi e labbra, come una maschera nella quale a stento riconoscevo il suo volto in genere prossimo al mio, e adesso lontano, galleggiante nello spazio, come un'apparizione astrale, e stilizzato come un cartoon. In braccio a una sua amica, in una delle file di mezzo, pensai che per essere così diversa dal solito, così alterata, doveva esserle accaduto qualcosa di brutto. Cominciai a piangere, e mi calmai solo quando mi consegnarono a lei, sul palcoscenico. Mia madre finì le prove con me in braccio, ebbi la sensazione – indimenticabile – di proteggerla dall'urto abbacinante del riflettore, dal buio vuoto attorno, dall'incomprensibile azzardo che stava affrontando: pronunciare in piedi strane frasi, mai udite, e con una voce non sua, anch'essa mai udita. Cominciavo a farmi valere, in concorrenza con mio padre, come tutore di mia madre, che era vibrante e fragile.

Seppi poi – confidenze di amici – che a mio padre si attribuiva il merito di avere "salvato" mia madre da un amore tenebroso e infelice, durato molti anni, con un uomo sposato, nonché da una più generale tendenza a innamorarsi di tipi fascinosi e dissoluti, secondo i costumi del milieu artistico nel quale aveva speso la sua giovinezza. Ma ben prima di queste riletture adulte, in mio padre avevo sempre visto colui che sopiva mia madre. Bollavo questa sua attitudine alla quiete come irrimediabile mediocrità. Sentivo di disprezzarlo – sentimento che un bambino regge a fatica – e di preferire, dal profondo del cuore, la spiritosa, contagiosa irrequietudine di mia madre.

Una volta sola – avrò avuto dieci anni – mio padre mi diede uno schiaffo. L'unicità di quel gesto, del quale sicuramente quell'uomo mite si era dispiaciuto subito dopo averlo messo in atto, lo rende ancora bruciante, come se le sue cinque dita si fossero impresse non sulla mia guancia, ma nella mia anima. Ma è il movente, soprattutto, a rendere indelebile il ricordo di quell'incidente. Mi parve così assurdamente ingiusto da non meritare neppure il mio rancore. Una specie di deragliamento psicologico del quale non io ma mio padre avrebbe portato, semmai, il segno.

Eravamo a pranzo, nella grande cucina di casa, lui silenzioso, le voci di mia madre e di mia nonna che riempivano la stanza, probabilmente un paio di parenti o di amici di passaggio a quella tavola frequentata, ai tempi, come una piccola piazza, sempre pronta per gli ospiti dell'ultimo minuto. Contagiato dal clima allegro cercavo di prendere parte anche io alla conversazione, cominciavo a sentirmi grande, pari agli adulti, sapevo che era la parola il mezzo di trasporto che mi avrebbe convogliato, giorno dopo giorno, in mezzo a loro. Non so neppure quale fosse l'argomento, né quali frasi pronunciai, ricordo solo una piccola innocente euforia che mi spingeva a dire la mia, interrompendo gli adulti. Quando arrivò il ceffone, del quale mi sgomentò non il dolore ma il suono improvviso e assordante, tutti guardammo esterrefatti mio padre. Che dopo un breve silenzio, come se anche lui dovesse riaversi dalla sorpresa, disse guardandomi negli occhi: "Hai detto *io* almeno dieci volte. È molto maleducato".

Si alzò da tavola e sparì fino a sera. Ero talmente sorpreso che non mi venne neanche da piangere. La testa ronzava, girava a vuoto, cercava di riassettarsi. Dissi a mia madre: "Ma *io* non è una parolaccia!". Lei mi rispose che non lo era. Nessuno di noi poteva immaginare che lo sarebbe diventata.

# Otto

Fa un sorriso orgoglioso e consapevole, come di chi se l'aspettava di segnare quel gol, e proprio quello. Lo mantiene intatto, il sorriso, mentre corre a passi sicuri verso la panchina, dove un compare in tuta gli passa l'egòfono. Con le spalle alla curva, che è tutta uno sventolio di bandiere, si scatta una foto. La steadycam lo ha raggiunto e lo riprende mentre si riprende. Lui fa un altro paio di clic a beneficio della telecamera. L'arbitro lo richiama perché la partita deve proseguire. Restituisce l'egòfono lanciandolo a bordo campo al compare, manda un bacio alla curva, dà una pacca sulla schiena all'arbitro per dare segno che si sono capiti. L'arbitro ricambia la pacca e non lo ammonisce. Durata: quarantaquattro secondi.

Sai che cosa vuol dire selfie?, chiedo a Ricky. Ma certo, mi dice, che domande fai: è uno che si scatta una foto con lo smartphone. Lo so anche io, gli dico, che è uno che si scatta una foto; ma sono sicuro che non conosci l'origine del termine. Be', dice lui, è facile, è un diminutivo di *self*, che in inglese vuol dire "sé". E dunque potremmo tradurre selfie *sestessino... autino... eghino...* Che ne dici, preferisci "farsi un autino" o "farsi un eghino"? Ricky ridacchia, piuttosto soddisfatto delle sue versioni maccheroniche di selfie.

Gli dico: lo vedi che non lo sai? La parola selfie esiste da molto prima che la gente cominciasse a farsi i selfie. Esiste da molto prima che inventassero l'egòfono. Magari da quando c'erano i telefoni a gettone. Forse dai tempi dei segnali di fumo. È un vecchio termine gergale degli adolescenti americani.

Gli secca farmelo capire, ma è incuriosito.

Vuoi un indizio? Vuoi una mano? E gli mostro la mia mano destra, agitandola in aria come fa lui con gli occhiali, e mentre agito la mano mi esce di bocca un risolino ammiccante che, mi rendo conto, dev'essere abbastanza irritante. Infatti lui comincia a seccarsi, dice che non abbiamo tempo da perdere, ci sono almeno altre venti esultanze da esaminare e da classificare. Invece di fargli dei quiz etimologici, dice, potrei anche suggerirgli come classificare il file che abbiamo appena visto, il goleador che si fa i selfie con la curva sullo sfondo. Gli dico che se sapesse da dove viene la parola selfie classificare quella scenetta gli sarebbe più facile. E allora dimmelo e facciamola finita, mi dice. E allora te lo dico, gli dico. Vuol dire pugnetta. Farsi un selfie, prima dell'egòfono, ha sempre voluto dire: farsi una pugnetta. Se preferisci, una pippa. Anche se qui da noi è più corrente dire sega. Sai come siamo, qui da noi. Gran lavoratori. Riportiamo ogni cosa all'utensileria. Perfino le attività da fare rigorosamente a mani nude, noi le meccanizziamo.

Ricky non fa caso alla mia battuta sulla sega, è piuttosto colpito ma non vuole darmi troppa soddisfazione. Per prendere tempo mi domanda come faccio a saperlo. Gli dico che me l'ha detto una ragazza americana. Una tipa che ho incontrato in Istituto, è qui per un master. Interessante, dice Ricky, e mi domanda se era interessante anche la ragazza. Alzo le spalle. Liquido la domanda come ininfluente. So che Ricky mi ha chiesto com'era la ragazza solo perché non gli è ancora venuta in mente una replica all'altezza della mia rivelazione etimologica. Sta congetturando. Poi sferra il contrattacco.

Per prima cosa mi dice che lui, comunque, non ha proprio niente contro le pugnette, e spera altrettanto di me. Uno studioso, aggiunge, non dev'essere moralista. Gli dico che può tranquillizzarsi, non solo non siamo moralisti, non siamo neanche studiosi. Poi dice che l'etimologia che gli ho appena proposto è verosimile, ma non accertata: una ragazza americana incontrata in Istituto non è, come fonte, così autorevole. Quanto a me – solo adesso Ricky si leva gli occhiali, avvicina la sua faccia alla mia e mi fissa: vuol dire che siamo al dunque –, non sono molto più autorevole della ragazza americana. Sono prevenuto e sarcastico nei confronti di tutto o quasi quello che ci circonda. Sono uno che chiama "egòfono" lo smartphone.

È una traduzione letterale, gli dico, nient'altro che una traduzione letterale. IPhone, in italiano, si traduce egòfono. Punto e basta.

Non è vero, mi dice Ricky, e attacca una solfa interminabile sul fatto che la I di iPhone non sta davvero per "io". Gli dico che è tutt'altro che assodato, che la I di iPhone non stia davvero per "io", e comunque definisce perfettamente la sfera d'uso di quell'aggeggio, che è appunto l'io. Ti basterebbe fare due più due, caro Ricky, per capire che iPhone vuol dire egòfono. Mi dice che credo solo alle cose che mi fanno comodo, e che mi servono a far tornare i conti. Gli dico che non ho neanche mezzo conto da far tornare, neanche mezzo, e che se c'è uno che crede solo alle cose che gli fanno comodo, questo è proprio lui. Mi dice che non ha voglia di litigare. Gli dico che nemmeno io ne ho voglia.

Stiamo zitti per un po'. Poi, per suggellare la tregua, gli propongo di classificare il filmato dell'esultanza selfie nella categoria "nuove tendenze", che usiamo sempre quando non sappiamo come cavarcela altrimenti, o quando siamo in totale disaccordo sull'interpretazione. Ovvio che, dipendesse da me, avrei approfittato del goleador che si fa un selfie per inaugurare la categoria "pugnette". Ma siamo in due, abbiamo appena rischiato di litigare, può andare bene "nuove tendenze". Ricky si rimette gli occhiali e dice che è d'accordo. È così ottimista, Ricky, che non vede l'ora di andare d'accordo con un pessimista.

# Nove

Naturalmente vivo con mia madre. Nella vecchia casa dei suoi genitori, una cascinetta promossa a villa che mia nonna Isabella governava come una nave in mezzo ai campi e che oggi, ristretta nella morsa delle nuove costruzioni, ha terminato il suo viaggio ed è già tanto che sia rimasta a galla. Dunque anche mia madre vive, in un certo senso, con sua madre. È il passato che ci mantiene, insieme consumiamo quello che ne rimane – finché ne rimarrà. E a mano a mano che il presente si disfa, e assume l'aspetto di una distesa inerte di capannoni in svendita e strade affaticate, la cosa più viva, qui attorno, sembra proprio il passato, i tigli robusti del giardino, l'ocra pastoso dei muri, le rose bianche rampicanti che salgono fino alle grondaie di rame, il portone di legno rimasto quello, secolare, che si apriva ai carri molto tempo prima che i nonni comprassero la cascina.

Il nonno era dottore farmacista. Sopra le credenze e sugli scaffali di casa le vecchie maioliche da speziale portano impresse le lettere fiorite che decifravo faticosamente da bambino, arsenico e melissa, chinino e arnica, malva e tamarindo, e il misteriosissimo *Caryophyllus conditi* a proposito del quale nessuno, in casa, sapeva fornire informazioni chiare. Agnese l'ha subito cercato nell'egòfono. È un tipo di garofano, mi ha detto molto contenta. Io, al solito, meno contento: speravo che il *Caryophyllus* non esistesse. Ma non c'è nulla che possa permettersi il lusso di non esistere, nell'egòfono.

La comune permanenza nella casa dei genitori in un certo senso ci affratella, me e mia madre. La nostra convivenza si sottrae, almeno nella forma, ai conflitti consueti tra generazioni. Tra chi c'era prima e chi è venuto dopo. È come se fossimo arrivati, grosso modo, nello stesso momento. Siamo una vedova che viaggia verso gli ottanta, in buona salute, e uno scapolo che intravvede i quaranta che vivono ciascuno la propria vita, quando capita mangiano insieme, si raccontano i libri letti e i film visti. Mia madre ascolta Tom Waits, Leonard Cohen e Joni Mitchell, senza le cuffie e a volume micidiale perché sta diventando decisamente sorda. Ma come genere di intrusione sonora conosco di molto peggio. Non posso contrattaccare perché ascolto musica quasi solo in auto; e in casa, o in giardino, le poche volte che mi capita, sempre con le cuffie. Dunque mia madre sa pochissimo dei miei gusti musicali, per esempio non ha mai sentito i Kings of Leon e non conosce la voce del grande Caleb Followill, ma la cosa non mi dispiace. Credo di esserne geloso. Di Caleb, intendo. E di me stesso, ovviamente, quel poco o tanto di me stesso che riesce a rimanere sconosciuto.

Vivere, madre e figlio, nella condizione di due vecchi fratelli, senza che l'una o l'altro eserciti una qualunque forma di comando o di autorità, ha i suoi vantaggi. Ma contribuisce, non c'è dubbio, alla sensazione che le generazioni si stiano insaccando l'una nell'altra, che il tempo sia ingolfato, abbia perduto il suo ritmo e quasi interrotto il suo scorrere. Un'aggravante, in questo senso, è la presenza del terzo abitante della casa, la professoressa Oriani. Non una professoressa qualunque. È la mia professoressa di lettere del liceo.

Quando mia madre stabilì che la casa era troppo grande

per noi due, e troppo costosa, ne ricavò, oltre al nostro, due piccoli appartamenti da affittare. Uno è ancora vuoto. Nell'altro c'è la Oriani, che condividendo lo stesso parrucchiere e lo stesso giro di negozi aveva mantenuto con mia madre rapporti amichevoli, conosceva già la casa e il giardino; quando aveva saputo del piccolo appartamento ci si era sistemata volentieri. Almeno la conosciamo, disse mia madre. Anche troppo bene, dissi io. Ma una leggera inquietudine, quella promiscuità inattesa con una prof che avevo al tempo stesso molto ammirato e molto temuto, me la procurava. Per giunta, come tutte le persone che hanno tratti molto marcati, quasi caricaturali, la Oriani si è mantenuta assolutamente identica, il volto lungo e ossuto, gli occhi invisibili dietro perenni lenti scure, il casco dei capelli tinti di nero corvino, le labbra sottili che i chili di rossetto vermiglio, negli anni, hanno come ceramizzato. Quasi vent'anni dopo, quando incontro in giardino la sua maschera silenziosa e severa, o la trovo seduta nella nostra cucina mentre chiacchiera con mia madre, ho ancora paura che la Oriani mi interroghi.

# Dieci

Do un'occhiata alle mail, dice Agnese sfiorando l'egòfono appoggiato sul tavolino del bar.
Le dico: devi farlo proprio *adesso*?
Perché, dice lei, che differenza c'è tra *adesso* e *dopo*?
Che adesso sei con me, siamo seduti allo *stesso* tavolino dello *stesso* bar della *stessa* città alla *stessa* ora della *stessa* giornata. Volendo, possiamo parlare un poco tra di noi. O addirittura di noi. Proprio come fanno gli innamorati. Le dico.
Ma per parlare abbiamo tutto il tempo che vogliamo. Mi dice.
Anche per guardare le mail abbiamo tutto il tempo che vogliamo, le dico. Magari possiamo guardare le mail quando siamo ognuno per conto proprio. Lascia stare quell'aggeggio, per piacere. Ne ho uno identico anche io. Ma come vedi lo tengo in tasca. Parla con me. Vuoi provare a parlare con me?
Va bene, dice Agnese, e in segno di buona volontà ficca anche lei l'egòfono nella tasca dei jeans; per farlo, visto che i jeans sono stretti e per accedere alla tasca ha bisogno di raddrizzare il corpo, solleva il bacino dalla sedia puntando i piedi a terra, raddrizza la schiena e butta leggermente indietro la testa. La cascata dei riccioli neri si appoggia sullo schienale

della sedia di alluminio, li sento frusciare sul metallo, la maglietta di cotone bianco mostra la forma dei seni, Agnese ha un istante di bellezza assoluta. Poi si risiede, mi sorride paziente, e per assumere una postura più confidente assesta i gomiti sul tavolino, appoggia il mento tra le mani aperte, mi fissa con un'intensità plateale (dunque sarcastica) e mi dice: di che cosa parliamo adesso, Ciccio?

(Mi chiama Ciccio quando mi vuole vezzeggiare, quando mi vuole prendere in giro o entrambe le cose insieme; è uno dei classici stratagemmi delle femmine per ridimensionare il maschio, da più grosso di loro farlo più piccolo, comunque più piccolo, affinché sia ben chiaro che loro sono sempre le mamme e noi maschi sempre i bambini.)

Non saprei, le dico, di che cosa possiamo parlare. Così su due piedi non mi viene in mente niente. Perché non me lo dici tu, di che cosa possiamo parlare?

Perché non ne ho la più pallida idea, dice.

Allora riaccendi pure l'egòfono, le dico nervoso. E faccio il gesto di estrarre il mio, per rappresaglia, anche se non si capisce bene se la rappresaglia sia nei confronti della sua o della mia incapacità di mettere insieme le quattro frasi che ci consentirebbero di fare conversazione.

Hai un pessimo carattere, mi dice Agnese fermandomi la mano che sto per ficcare in tasca. Dunque adesso sappiamo di che cosa parlare: del tuo pessimo carattere.

Non è un buon argomento di conversazione, le dico. Anzi, a pensarci meglio il solo vero argomento di conversazione dovrebbe essere: perché non siamo più capaci di mettere quattro parole in croce, magari guardandoci negli occhi? Lo sai che cosa dice la Oriani?

Quella vecchia comunista rompicoglioni, mi dice. È la sua definizione (non affettuosa, ma a pensarci bene ossequiosa) della Oriani, che ad Agnese deve parere una specie di morta vivente, un'assurda ossessa sortita da secoli passati scoperchiando il sepolcro per inseguire i vivi e tormentarli. Se non ho quasi mai voglia di replicare ad Agnese è perché ogni tanto anche a me la Oriani pare esattamente così.

Sostiene la Oriani, le dico, che perfino la coppia, come forma di comunità, è diventata troppo impegnativa per un'umanità di narcisi patologici. La coppia è l'embrione di qualunque tipo di società. Uno più uno, la somma più elementare, quella che rende possibili tutte le altre somme. Se non si riesce a fare più neanche uno più uno, vuol dire che nessun'altra somma sarà mai più possibile... Esisterà solo l'uno. Dunque esisterà solo l'io. Ognuno con il suo egòfono acceso. Muto con chi gli sta intorno, loquace solo con chi ha il merito di rimanersene a debita distanza.

Agnese non ama i discorsi intellettuali. Non perché sia stupida ma perché è afflitta (non so dire se afflitta o beneficiata) da una specie di pragmatismo integrale, e ha un rifiuto quasi fisico del pensiero astratto. Credo che Agnese consideri ogni eccesso di analisi della realtà un atto di ingiustificata sfiducia nei confronti della realtà stessa; nonché una insalubre apertura di credito nei confronti di ciò che potrebbe ipoteticamente accadere, ma non è accaduto, e dunque non si vede perché dovremmo interessarcene. In questo senso la vecchia Oriani, in quanto incarnazione residua di quella sistematica e dolosa interferenza nella realtà che la parola comunismo deve evocare in Agnese, è un'insidia da tenere costantemente sotto controllo. Immagino che per lei il fatto che una come la Oriani parli equivalga, su per giù, a sapere che qualche scienziato pazzo è *davvero* riuscito a captare la voce di Carlo Magno, o di Platone, in uno di quegli esperimenti che si fondano sull'ipotesi che le onde sonore emesse dai nostri progenitori ancora producano una flebile eco. È appena un tremolante riverbero del passato, il comunismo, ma proprio considerando quanto remota è la sua stagione, rispetto a quelli come noi due, seduti qui a questo tavolino, il fatto che ci siano ancora dei viventi (per esempio la vecchia Oriani) che ne portano le tracce permette di valutare, con un certo sgomento, quanto potente, quanto devastante debba essere stata la sua esplosione. È come stare seduti sulla riva tranquilla di un grande specchio d'acqua in bonaccia e vedere arrivare piccole onde: chissà quando, e a quale distanza, e quanto tempo fa, un enorme masso dev'essere caduto nel lago. Per noi, ormai, più nessun pericolo; solo il brivido di immaginare, ora che siamo al sicuro, il fracasso e lo sconvolgimento prodotti dal cataclisma.

In genere Agnese esercita, contro il rischio di degenerazione intellettuale dei discorsi, una sua tecnica collaudata. Non risponde, ignora il punto, lo esclude dalla sua bocca come se il solo nominare questa o quella complicazione rischiasse di evocarla: di fronte alle cose intellettuali diventa quasi superstiziosa. Temo anche che mi consideri, per fortuna a giorni alterni, un aspirante intellettuale, e che questo la metta in apprensione. Così, le poche volte che mi lascio sfuggire a voce alta pensieri sospetti – tipo questo della coppia minata dal narcisismo patologico – ho sempre paura di averle dato un dispiacere, e mi mordo la lingua. Sono sicuro di avere bisogno di Agnese, e di conseguenza ho anche parecchia paura che si stanchi di me. O di stancarmi di lei.

Ma questa volta devo averla fatta grossa. Capisco che il tasso di gravità di quanto ho appena detto è così alto che ad Agnese non basta passare oltre. È troppo ingombrante l'impiccio che le ho lanciato, a tradimento, tra i piedi. Vedo disegnarsi sul suo volto pallido una smorfia di disappunto.

Questa strana idea della Oriani, dice Agnese dopo un breve silenzio infastidito, ti sembra davvero così importante?

Sì, dico io, è importante. Molto importante. Perché se ha

ragione la Oriani, vuol dire che presto o tardi noi due ci lasceremo. E io preferirei che non ci lasciassimo mai, noi due.

Mi prende la mano. Non dice niente. Per almeno un paio di minuti non riaccende l'egòfono, e lo considero un piccolo omaggio. È anche un omaggio alla Oriani, ma ad Agnese questo non lo dico: ci rimarrebbe male.

# Undici

Gli incontri tra Agnese e la Oriani sono, per me, fonte di notevole apprensione. Ma sono inevitabili. Una viene spesso a casa mia; l'altra ci abita. Se non accade in cucina, quando troviamo la Oriani e mia madre che bevono insieme ettolitri di tè, accade in giardino, dove la vecchia prof, quasi tutto l'anno, passa molte ore seduta su una panchina scrostata a leggere libri e riviste, con i piedi appoggiati al tavolino di ferro, un plaid sulle vecchie gambe magre quando fa fresco, le sottili labbra vermiglie ancora più serrate e immobili del solito, come se la lettura esigesse una dedizione ferrea e mettesse i suoi lineamenti, già rigidi, sull'attenti definitivo.

Anche gli occhiali da lettura della Oriani sono neri, tranne le volte che la luce è talmente poca da costringerla a levarli, inforcando lenti chiare. In quelle rare occasioni di trasparenza il suo sguardo nudo comunque nereggia, e se possibile nereggia ancora di più, un poco per il colore nerofumo delle pupille, un poco per le occhiaie livide. È uno sguardo che non riflette luce e non restituisce immagini, uno sguardo assorbente, che ingoia tutto. Lo rende, questo continuo includere, prensile e leggermente spaventoso. Forse la Oriani porta gli occhiali neri perché ha pudore del proprio sguardo; ne conosce la cavità tenebrosa, quasi oscena. Quella donna non ha gli occhi, ha due buchi neri, dice sempre Agnese. Te ne accorgi quando solleva la testa dal libro per salutare; come adesso che arrivo con Agnese e il crocchio della ghiaia rivela la nostra presenza.

Il saluto immutabile che sempre ci rivolge è "ragazzi". Ragazzi e basta, niente prima e niente dopo, quella sola parola sempre uguale. Ragazzi, dice la Oriani quando arrivo con Agnese, e ragazzo quando arrivo da solo. A seconda delle giornate, dunque del mio umore, quel saluto risuona in modi anche molto differenti. Mi pare il segno di una confidenza quasi affettuosa, rassicurante; oppure, all'opposto, che ribadisca la distanza tra professoressa e allievi; o la mera registrazione, con ironica pigrizia, di un apparire, il nostro, non meritevole di ulteriori approfondimenti. Negli ultimi tempi, però, nel bouquet vasto e ambiguo di significati che sprigiona dal breve saluto mi sembra di cogliere soprattutto una sfumatura beffarda. Come se dirci "ragazzi" ci consegnasse, me e Agnese, a una condizione ossificata, quella di mai cresciuti, di non adulti a vita; e per esteso, e peggio ancora, il termine volesse o potesse includere in quella categoria ormai dilagante perfino lei stessa, la vecchia Oriani, nonché mia madre, una nubile settantenne e una vedova quasi ottantenne, tutte e due che ascoltano Joni Mitchell con i pantaloni neri, fumando le Winston e bevendo molto tè, in fin dei conti ragazze pure loro, una divenuta madre per miracolo l'altra nemmeno quello, anche loro a rimuginare su un destino incompiuto, su una vita raggomitolata in attesa che qualcosa accada, se mai accadrà o se (e sarebbe peggio!) non è già accaduta senza che nessuno se ne sia accorto.

Un mondo di ragazzi di tutte le età – alcuni ancora con qualche dente da latte, altri rugosi e curvi, altri morenti – resi coetanei dal tempo refluo nel quale siamo finiti, chi prima chi dopo, come i tappi di sughero in quelle grandi damigiane che per anni li inghiottono, uno per volta ma alla fine tutti assieme, uno al giorno ma in conclusione, dietro il vetro polveroso, tutti riuniti nello stesso giorno.

Agnese risponde "buongiorno signora", come sempre, ma invece di tirare diritto verso la porta di casa oggi, stranamente, si ferma. Alcuni incidenti memorabili, con la Oriani che incrementa con calcolato accanimento il tasso intellettuale della conversazione, e Agnese che si irrigidisce in monosillabi e alzate di spalle, mi fanno sempre temere che l'una o l'altra voglia attaccare briga – poi sarò io a farne le spese, subendo la disapprovazione muta di Agnese o quella verbosa e tagliente della Oriani, "quella ragazza non mi sembra del tuo calibro, Giulio. Spiegale che fare la barista non comporta automaticamente fare discorsi da bar".

Così provo a tirare diritto io, sperando che Agnese mi segua, e invece non solo non mi segue, ma la sento alle mie spalle che domanda alla Oriani, così, senza preamboli, incautamente, come mai ci saluta sempre chiamandoci "ragazzi". Credo che Agnese abbia intenzioni affabili, suppongo che voglia fare un minimo di conversazione con la vecchia prof per favorire migliori rapporti in quella casa e dunque minori tribolazioni per me; ma la basica rudezza della domanda, priva di qualunque introduzione e posta come se l'argomento non fosse poi così pregnante, mi fa temere rappresaglie. Mi giro e torno sui miei passi. La Oriani è nella sua versione classica, occhiali neri, plaid sulle ginocchia, libro posato in grembo. La sua risposta è interlocutoria, per ora non bellicosa: perché, non siete dei ragazzi?

Io sì, dice Agnese con un sorriso amabile, Ciccio un po' meno. Gli occhiali neri della Oriani ruotano quanto basta per inquadrarmi. Contavo di rimanerne fuori, ma forse è meglio così: facendo da ammortizzatore, o da capro espiatorio, posso evitare che l'incontro degeneri. Ciccio saresti tu?, dice la Oriani schiudendo appena la feritoia rossa della bocca. A volte sì, le dico, a volte sono Ciccio. Be', dice lei, allora sei ancora un ragazzo. Decisamente un ragazzo. Ciccio non è un nome da adulto. Dunque è stabilito: fino a nuovo ordine posso continuare a salutarvi così: *ragazzi*... Il tono è da congedo, e infatti squaderna da capo il suo librone, un tomo ragguardevole dal titolo piccolissimo al quale Agnese lancia un'occhiata confidente che quasi mi commuove – come quando si allunga una carezza al cane odioso e ringhioso di un amico, e lo fai per l'amico, non certo per il cane.

Sarebbe finita qui ma la mia voce, quasi senza che me ne renda conto, decide di aggiungere qualcosa. Il problema è che ragazzi, dico, è una parola che alla lunga stona. Indica una condizione spensierata. Io non mi sento più tanto spensierato. Anzi, non lo sono per niente.

Questo ti fa onore, Giulio, dice la Oriani risollevando lo sguardo dal libro. Dice Giulio con forza, sottolineato, in evidente polemica con Agnese, la fidanzata di Ciccio. Sento nuvole nere addensarsi dietro gli occhiali neri della signora, e in mezzo ai riccioli neri di Agnese. Provo a divagare, a distrarre la ragazza vecchia e quella giovane, e come se buttassi un osso appetitoso alla Oriani per tenerle occupati i canini dico: chissà poi cosa vuol dire, la parola ragazzi, chissà da dove viene.

La Oriani posa il libro. Leva gli occhiali neri. Fissa lo sguardo nero, risucchiante, prima su Agnese, come per congedarsene, poi su di me, unico interlocutore ritenuto degno. L'etimologia è controversa, dice. Potrebbe venire dall'arabo *raqqas*, che significa galoppino, garzone. Oppure da un termine provenzale che vuol dire servitore. Galoppino o servitore, il ragazzo comunque è un subalterno. Uno che non decide niente. Uno che obbedisce. Uno che non ha responsabilità di adulto...

Agnese dice: io veramente, nel mio bar, non sono la subalterna di nessuno.

La Oriani dice: contenta te. È *Ciccio*, mi sembra, che non è molto contento.

Si rimette a leggere, mentre noi due entriamo in casa.

# Dodici

Subito dopo il gol, per sfogare la tensione, sferra un calcio tremendo al tabellone pubblicitario al lato della porta. Il tabellone si sfonda, il piede destro rimane impigliato nella tela cerata, lui cerca di estrarlo, non ci riesce, cade all'indietro trascinando il tabellone che gli si rovescia addosso. La fragile struttura si sganghera e collassa. Nella piccola catastrofe sono coinvolti anche tre o quattro fotografi e le loro borse. Un grosso teleobiettivo rotola sull'erba.

I compagni lo soccorrono. Lo aiutano a districare l'arto. Nel pur breve tempo necessario all'intervento, l'adrenalina sfuma. Rimessosi in piedi il goleador, è ormai passato l'attimo e il giubilo si risolve in congratulazioni quasi formali. Durata: ventiquattro secondi.

Ma questo qui è un cretino spaventoso, dico a Ricky. Forse il cretino definitivo. Quello dopo il quale niente sarà più uguale a prima, in fatto di cretini. Propongo di metterlo agli atti.

Ricky non risponde.

Ce n'è un altro, con la cresta e le tempie rasate, una fierezza ispanica nel profilo aquilino, che non vuole abbracciare nessuno. Allontana i compagni bruscamente, un cruccio che non sappiamo impedisce un'esultanza corale, riconciliata.

Un compagno, risentito, gli si avvicina, gli dice qualcosa, lui risponde duro, si spintonano, stanno per venire alle mani, gli altri li separano. Cala sul campo un mesto turbamento. Nessuno ha più voglia di gioire. Perfino il pubblico quasi ammutolisce, si sentono grida sparse, qualche fischio emesso per generica disapprovazione. Durata: diciotto secondi.

Ricky è colpito. Non escludo che dietro i suoi occhiali si stia addensando un grumo di commozione. Lo vedi, dice, quanta complessità di rapporti in un momento che sembrerebbe ripetitivo; e invece riassume in pochi secondi vicende umane profondamente diverse tra loro. Non gli rispondo.

# Tredici

La banalissima verità – così banale che quasi mi vergogno a dirla – è che non sono contento di me stesso. Proprio come dice la Oriani. Non mi piaccio. Le poche volte che perdo tempo a guardarmi allo specchio e a considerare come sono fatto vedo una faccia incerta, una persona sbiadita. Mi piace credere di essere silenzioso e riflessivo; ma sono solo sfuggente e inadeguato.

Mi sembra che il mio respiro sia fioco, e che dalla mia debolezza derivi, poi, l'inconsistenza del paesaggio, il cui volto indefinito è lo specchio del mio. Questo posto non respira, non respira mai, neppure quando arriva un po' di vento riesce a svuotarsi della sua apnea malata. Avverto la bruttezza dei miei posti come una mia colpa: una colpa *fisica*. Me ne sento responsabile, me la sento addosso, certe mattine mi sveglio e trovando, appena fuori dalle palpebre aperte, poca e livida luce, vado allo specchio per controllare che i miei occhi non siano opachi, velati dalla polvere, rigati dall'uso come le visiere di plexiglas; che non sia, questa luce scarseggiante, colpa del mio sguardo impedito a riceverla.

Guardo deluso il mio volto, vorrei avere il pallore lucente di Agnese o la miopia sognante di Ricky, mi ritrovo invece perfettamente corrispondente alla pavida insignificanza dei luoghi, e da loro corrisposto.

Dico spesso a Ricky – da antropologo ad antropologo – che niente come una vita insoddisfacente è in grado di generare credenze ridicole e devozioni disperate: se c'è un buon termometro della tristezza collettiva è la credulità collettiva. Gli stessi, esattamente gli stessi che ogni cinque secondi tengono a precisare che "a me non la danno mica a bere", sono poi i primi a farsi turlupinare dalle panzane più assurde e a cadere nelle trappole più dolorose. Gli cito come esempio probante alcune delle più tipiche derive mentali dell'epoca e del luogo, i neotemplari, le inseminate dagli alieni, la gemmoterapia, una di Vercelli che un bel mattino si mette il burqa, il partito politico convinto che il web sia il viatico della liberazione umana. Aggiungo che considerandomi, nel complesso, un tipo dalla vita non allegrissima, sono molto orgoglioso di non avere mai ceduto alla tentazione di stordirmi con una di queste spaventose cazzate.

Ricky mi risponde sempre, levandosi gli occhiali e scuotendo la testa, che non esiste neanche mezza prova scientifica del rapporto tra tristezza e credulità, e che comunque sono cose da psicologo, dunque non di nostra competenza. Noi siamo antropologi. Va bene? *An-tro-po-lo-gi*. Lui la butta sempre sul manualistico, non capisce mai quando esagero apposta, per semplice amore di discussione, per mettere meglio a fuoco le questioni o anche solo per interrompere la nostra demente catalogazione di dementi.

Gli faccio presente che, tempo perso per tempo perso, sarebbe molto più interessante e anche molto più utile catalogare, piuttosto che i siparietti isterici dei calciatori (tutti comunque in grado di pagarsi un bravo terapeuta), il mare di pazzia nel quale annegano i poveracci che ci circondano. Ancorché muniti di egòfono e tatuati come la Sistina, si tratta di gonzi e gonze che ingrassano una quasi infinita teoria di predicatori, santoni, arruffapopoli, esaltati, maghe che li soccorrono a pagamento. Ricky mi spiega che non possiamo certo essere *noi due* a stabilire che cosa dev'essere oggetto di studio e che cosa no. Gli dico che da come ha detto *noi due* si capisce che finalmente ha capito, speriamo una volta per tutte, che non contiamo un bel niente, *noi due*. Mi dice che è stufo del mio modo di fare, capisco che è piuttosto urtato dalla mia indisciplina, secondo lui divago, mi lamento, mi distraggo, non sono abbastanza concentrato; e questo non favorisce il nostro lavoro, che a quanto pare a lui piace, o comunque non dispiace tanto da poterlo apertamente definire, come faccio io, una perdita di tempo sovvenzionata. Ricky non me lo dice chiaro e tondo perché, nel nostro soddisfacente equilibrio di coppia, sa di non dovere introdurre dosi eccessive del suo stucchevole ottimismo; ma secondo me lui è *contento* di studiare, per tre giorni a settimana, l'esultanza dei calciatori. Non osa dirmelo. Ma Ricky è *contento*. Se non addirittura *molto contento*.

Non avrò mai il coraggio di raccontarlo a Ricky. Men che meno alla Oriani, che se lo sa mi fulmina e fa stampare dal ministero una pagella speciale (la pagella a vita, la pagella ergastolo) soltanto per potermi appioppare un bel tre. Solamente Agnese lo sa. Non sono in grado di dire quanto sia dipeso da tristezza e quanto da credulità, ma un bel giorno mi ritrovo anche io, come tanti altri, steso sul tappetino di una specie di guaritrice orientale, suggestionato da un vecchio amico di mia madre che me ne ha parlato bene. È una che sistema i chakra, o qualcosa del genere. Ti rimette in asse le linee energetiche, dicono. In pratica, una signora indiana di mezza età, moderatamente obesa, che esercita una forte pressione con le dita in varie parti del corpo. Su una delle quali – la testa, la mia testa – si accanisce con una lena davvero impressionante.

Per rassicurarmi, prima di andare da lei, mi ero fatto l'idea che si trattasse di mera manipolazione del corpo, senza intrusione alcuna nella cosiddetta psiche, ovvero nell'assetto già scompigliato dei miei pensieri. Avevo supposto che si trattasse di una massaggiatrice molto erudita (non so perché agli orientali attribuiamo sempre un indiscutibile magistero sulle cose che riguardano il benessere); una specie di elettrauto che agisce sulle connessioni nervose e ristabilisce contatti, certamente qualcosa di bizzarro ma niente di magico, niente che possa risultare sconveniente a uno scettico. E in pratica è proprio così: è una che ti mette le mani addosso, punto. Il problema è che la signora, fissandomi intensamente con occhi molto rotondi e molto scuri che galleggiano in una faccia molle (forse ha i chakra allentati), traduce ogni mio gemito o trasalimento in un sintomo di disagio esistenziale: "qui si sente che un amico ti ha tradito", "qui ti fa male perché ti mancano i tuoi figli".

Il fatto che nessun amico mi abbia tradito e che io non abbia figli, per quanto rilevante, è però addirittura secondario rispetto a un equivoco perfino più evidente: è *lei* a farmi male, fisicamente e non spiritualmente, premendo molto forte su varie parti del mio corpo e infine fortissimo sulle tempie, sulla fronte, sotto le orbite, che in un soggetto sinusitico come me sono spesso dolenti. L'attribuzione di un dolore fisico a un malessere metafisico mi risulta profondamente scorretta, mettendomi in uno stato di nervosismo e insofferenza che non fa che peggiorare la situazione; perché lei, purtroppo, attribuisce i miei lamenti e il mio malessere alla sapienza con la quale le sue ditate mettono a nudo la mia vita scompensata. E insiste in entrambe le attività, che a lei devono sembrare perfettamente complementari: premere fortissimo sul mio cranio, e a ogni mio gemito spiegarmi che sto espellendo ogni delusione e ogni cattivo pensiero.

Per venirne fuori decido di cedere. Le dico che mi sento molto meglio, però stanchissimo. Che la ringrazio ma la mia situazione è abbastanza complessa, i nodi sono tanti, meglio affrontarne uno per volta. Prendere l'appuntamento successivo, al quale non andrò, è il prezzo della mia fuga da quel tappetino di dolore. Neanche troppo pulito, per giunta. Il tappetino. Me ne vado pensando che comunque non è stata colpa sua. È stata colpa mia, e sono bastate poche ditate intorno agli occhi per farmelo confessare.

# Quattordici

Ne ho visto un altro, questa volta vivo. La mattina molto presto, quando il traffico imprime pochi segni isolati sulla pianura vuota e sembra impossibile che possa occupare, da un minuto all'altro, l'intera scena.

Per fare contenta mia madre vado ogni tanto a riempire di sangue cinque o sei provette, i soliti esami medici che dopo la morte di mio padre – infarto fulminante, solo in casa, nemmeno il tempo di chiamare aiuto – testimoniano la mia disciplinata adesione ai protocolli della medicina preventiva. Sto appunto cercando di valutare, sovrappensiero, quanto pesi sui bilanci pubblici il mantenimento in buona salute di uno come me, che ai bilanci pubblici conferisce quasi zero, quando me lo vedo sbucare proprio davanti agli occhi. Dev'essere un cinghiale giovane, perché mi sembra più piccolo di quello che ho visto steso, qualche settimana fa, nel mezzo della carreggiata. Trottigna sul lato opposto della strada venendomi incontro, vedo l'abnorme muso avanzare radente l'asfalto, ho l'assurda sensazione che tenga la destra come se ragionasse da veicolo e non da bestia, rallento sbigottito, lui di colpo scarta verso la sua sinistra e mi taglia la strada proprio davanti al muso della mia Ford. Ecco il profilo assurdo, asimmetrico, tozzo sull'avantreno, da corridore sul retro. Lui accelera, il trotto diventa galoppo, si butta nel prato e sparisce dietro il muro di una fabbrica. Pochi secondi in tutto, cinque o sei al massimo. L'analisi dei file dei goleador mi ha abituato a prendere i tempi delle sequenze e ormai è come se avessi un cronometro incorporato.

Ecco un talento – misurare i secondi, averne ormai una vera e propria contezza interiore – che potrei infine rivendicare: può darsi che sia affinabile fino al punto di riuscire a contare anche i decimi. Nel caso di collasso mondiale simultaneo dei sistemi di misurazione elettronica, potrei fare fortuna come cronoman sensitivo. Mi chiamerebbero dappertutto. Probabile un guadagno molto superiore a quello attuale, che è settecento al mese, non so se ve l'ho già detto. E avrebbe dunque ragione Ricky quando mi accusa di lamentarmi sempre, di non capire che dobbiamo procedere per gradi, e con fiducia nel domani: da cosa nasce cosa, oggi sei appena un antropologo precario che studia i gesti di esultanza dei calciatori, domani, chi l'avrebbe mai detto, farai fortuna per vie traverse e non pronosticabili. Per esempio scandendo i secondi con il labiale mentre una platea sbigottita, e pagante, ti osserva con ammirazione. E tutto grazie al fatto che anni prima avevi accettato con disponibilità, con fiducia, di passare in rassegna centinaia di file di goleador subito dopo il gol.

Quanto al mio secondo cinghiale: a differenza del primo, che l'immobilità della morte metteva a disposizione dello sguardo umano senza limiti di tempo, questo è solo una fulminea apparizione. Ma nell'uno come nell'altro caso, nonostante la diversa postura e la ancora più differente condizione – uno morto, l'altro vivo – permane la sensazione che qualcosa di inclassificabile stia accadendo o stia per accadere, qui a Capannonia. Che le cose stiano prendendo una piega imprevista. Mentre la bestia ficca i minuscoli occhi neri lungo la sua traiettoria, comunque illeggibile al mio sguardo, comunque ignota a chiunque non viva e non ragioni da cinghiale, e poi svanisce con la stessa ingiudicabile risolutezza con la quale era appena entrata in scena, la sola sensazione percepibile dal vecchio ragazzo alla guida della sua vecchia Ford è che una misteriosa novità incomba su noi tutti; e di qualunque novità si tratti, sia essa gentile o rovinosa, basta comunque a farsi desiderare, almeno per quanto mi riguarda, perché di novità ho fame e sete, e di tempo a disposizione, ormai, non più tantissimo. Non quanto ne vorrei. Non quanto avrei pensato mi spettasse.

# Quindici

La signora Kaumakis telefona almeno un paio di volte al mese per dirmi che non c'è niente da fare: il capannone non riesce proprio a venderlo. Le sue telefonate hanno una modulazione fissa, secondo uno spartito che ormai conosco a memoria. Cominciano accorate, quasi luttuose, a voce bassa (il mercato è fermo, vendere è quasi impossibile, mi dispiace tanto), ma quasi subito si accendono grazie a un inatteso elemento di speranza, in sé molto vago (vedrà, qualcuno prima o poi si farà avanti) però scandito con voce improvvisamente briosa, addirittura festante. La Kaumakis ha una voce bipolare, come se a parlare fossero in due, una rassegnata e depressa, l'altra vigorosa e allegra. La prima ti dice che siamo alla catastrofe; la seconda che ci vuole ben altro, per abbatterci, che una banale catastrofe. Con Agnese la chiamiamo *le Kaumakis*.

Se avessero vent'anni di meno presenterei le Kaumakis a Ricky: lui riuscirebbe a neutralizzare quella depressa e a galvanizzare quella ottimista. Insieme costituirebbero una coppia invincibile, penso che riuscirebbero a rendere commerciabili, forse addirittura appetibili, vaste porzioni di non luoghi attualmente giacenti nel silenzio e nella polvere, come carcasse troppo ingombranti per farle portare via da qualcuno.

Le Kaumakis, peraltro, non sono affatto male: hanno

una bella faccia orientaleggiante, zigomi alti, bocca carnosa, portano il visibile sovrappeso e i cinquant'anni con grande disinvoltura, sono una finta bionda ma una prosperosa verace che magra non dev'essere mai stata, nemmeno da ragazza. Credo provengano da un imprecisato luogo sarmatico o baltico, non so come siano finite qui. Ho affidato a loro la vendita del capannone, per pura pigrizia, dopo aver visto l'insegna IMMOBILIARE SOGNO proprio di fronte al bar dove Squarzoni, quando riesce a trattenermi un quarto d'ora in più, mi invita a prendere un caffè. A un chilometro (di macchina) dai nostri due capannoni.

Ho pensato, chissà perché, che se un agente immobiliare tiene bottega vicino all'edificio in vendita è più motivato a concludere l'affare. Ne condivide in un certo senso il destino, senza contare che conoscendo a fondo il posto ne può apprezzare meglio le doti e sa come celarne i difetti. Per la verità mi aveva insospettito il fatto che tra gli AFFITTASI in mostra nella vetrina di quell'ufficio ci fosse anche l'ufficio stesso; un'agenzia immobiliare che mette in affitto se stessa è un po' come entrare da un parrucchiere e trovarlo che si taglia i capelli da solo. Le Kaumakis mi spiegarono che volevano liberarsi di quel posto perché era in posizione sacrificata (voce mesta), ma ne avevano già individuato uno molto, molto migliore (voce squillante). Mi dissero anche dove intendevano trasferire il business, qualcosa come via dei Gladioli o dei Giaggioli; tentai di individuare nella mia memoria visiva una di quelle nuove urbanizzazioni di villette che la toponomastica floreale tenta di ingentilire ottenendo l'effetto opposto: chi passa di là prende atto che nessuno si è preso il disturbo di attribuire a quei paraggi un nome vero, come se considerarli degni di una vera identità fosse una fatica inutile.

Sciatte sedute comunali hanno disposto che un intero rione, troppo nuovo e troppo velocemente cresciuto per permettersi il lusso di dedicare i propri muri a fatti storici o a personaggi rilevanti, debba accontentarsi di un battesimo all'ingrosso, nomi di fiori o alberi distribuiti a caso, non esistendo un criterio per dire che via dei Ciclamini dev'essere proprio questa e via dei Garofani esattamente quella. Problema risolto a costo zero, nemmeno il prezzo di una lite in giunta sull'opportunità politica di intitolare la via a un generale eroico per alcuni e assassino per altri, o a un leader politico venerato dai suoi e detestato dagli avversari. La decisione di istituire via dei Ciclamini non è impugnabile né auspicabile. Non è neanche una decisione. È niente. È la rinuncia, in partenza, a pensare che un posto possa avere una qualche attinenza con la storia e la geografia. Non nomi per non luoghi. (Un auspicabile imprevisto è che alcune di queste strade, in un futuro prossimo, si rendano protagoniste di un sensazionale riscatto guadagnandosi una nomea smisuratamente superiore alle previsioni: il sanguinoso attentato di via delle Petunie, la straordinaria leva di astrofisici cresciuta in via delle Dalie, lo storico accordo politico siglato in gran segreto in via dei Ranuncoli.)

Di tutto questo mio rimuginare, naturalmente, le Kaumakis non ebbero né avranno mai alcun sentore. Le incontrollabili volute di pensieri e immagini che certi dettagli sviluppano all'interno del mio cranio non hanno sbocco alcuno nel mio volto; uno che mi vede non immagina, al massimo può cogliere una breve distrazione, perché questi grumi di pensieri, come i sogni, durano pochissimo. E mi riprendo subito, e subito sembro presente: anche le mie congetture più divaganti attingono, dopotutto, sempre e soltanto a quello che mi circonda, parole e opere, luoghi e atteggiamenti. Dunque: non mi allontano mai da qui. A modo mio pure io sto sul pezzo, come tutti, qui a Capannonia.

Avevo dato appuntamento alle Kaumakis per il giorno dopo, visita al capannone e firma della delega a vendere. Però mentre riaccompagnavo Squarzoni al suo lavoro, nel capannone accanto a quello di mio padre, gli dissi che non riuscivo a capire in che cosa fosse "migliore", come sede di un'agenzia immobiliare, il futuro ufficetto in via dei Giaggioli o dei Gladioli, piuttosto che l'attuale ufficetto nello stradone, data la quasi inesistenza di passanti in entrambi i siti. La sola differenza sarebbe stata che le derelitte fioriere inzaccherate e defoliate dal passaggio dei camion nello stradone sarebbero state, nello stradino, più protette.

Squarzoni mi diede ragione, nemmeno lui vedeva il vantaggio del trasferimento della Immobiliare Sogno. Mi rassicurò il fatto che perfino un indigeno tipicissimo, uno che sta a questi posti come lo gnu alla savana, condivideva, per una volta, la mia incapacità di distinguere, qui dove viviamo noi, il meglio dal peggio.

# Sedici

Il bar tavola calda della madre di Agnese si chiama Ai Tre Pini. Si tratta, per la verità, di due cipressi vicino all'entrata, valutati pini dal fondatore del locale – evidentemente non un appassionato di botanica. In origine i cipressi erano effettivamente tre, dunque almeno il numero degli alberi era corretto; fino a che il più vicino alla strada è stato schiantato da un camion in manovra.

Quando la madre di Agnese ha rilevato il locale, per la clientela ormai quel posto era da sempre e per sempre Ai Tre Pini, e lei ha preferito non cambiargli nome. La decisione mi è sempre sembrata corretta: il fatto che i tre pini siano due cipressi è brillantemente riassuntivo dell'assetto incongruo, comicamente casuale di questi posti.

Ai Tre Pini comanda la madre di Agnese, aiutata da Agnese e da una signora filippina di nome Jo, o comunque così chiamata da tutti per convenzione. Nei momenti di punta alle tre donne se ne aggiunge una quarta, detta la Siberiana, non perché non sia meritevole di un nome ma perché la sua origine, vera o presunta, pare alla madre di Agnese molto qualificante per il locale, una pennellata esotica, un tocco di lontano che non tutti possono permettersi. Ecco la Siberiana, dillo alla Siberiana, ci pensa la Siberiana. E quando Agnese fa notare alla madre che le Filippine sono ancora più lontane della Siberia, eppure la signora Jo non sembra godere dello stesso prestigio geografico concesso alla Siberiana, la madre risponde che qui intorno i filippini sono moltissimi, i siberiani pochissimi. Dunque più preziosi. Dalle nostre parti ci piace molto dire che nessuno è razzista. Diciamo che ci si arrangia, con razze e nazionalità, un po' come capita.

Compatibilmente con la posizione – un viale periferico, ma non si capisce periferico a cosa – il Tre Pini non è un brutto posto. È pulito, ha un piccolo giardino interno, serve panini e piatti freddi dignitosi, ottimi cocktail, ha addirittura una carta delle birre e soprattutto non ospita le slot machine, che hanno il potere di rendere losca qualunque stanza in qualunque locale di qualunque città del mondo. È lì, tra l'altro, che ho conosciuto Agnese, e non è un merito da poco.

Il padre di Agnese non è partecipe né del locale né della famiglia. Se n'è andato da qualche altra parte parecchi anni fa. A giudicare dalle rare volte in cui madre e figlia accennano al disperso, non si direbbe che ne sentano la mancanza. E per quanto mi riguarda la presenza fissa di un uomo, in un luogo matriarcale come i Tre Pini, rischierebbe di essere una stonatura: perfino io, che pure sono il fidanzato ufficiale della barista, mi ci muovo con rispetto e discrezione. Le quattro donne se la cavano benissimo da sole. L'unica volta che un tizio con la pistola è entrato per rapinare l'incasso, la madre di Agnese glielo ha consegnato senza fare una piega, pregandolo anzi di scusarla per l'esiguità del bottino e chiedendogli se poteva offrirgli una birra per rendere un poco meno imbarazzante la situazione. La signora Jo presenziava molto compostamente, come se si trattasse di normale assistenza a un normale cliente, e addirittura ha versato la birra nel boccale; la Siberiana non c'era; Agnese, di spalle, stava lavando i bicchieri dietro il bancone: sostiene di non essersi nemmeno voltata e di avere seguito la breve trattativa allo specchio, per non dare al rapinatore la soddisfazione di mostrarsi spaventata o violata. È probabile che la scena sia riportata dalle tre testimoni – anzi due, perché la filippina praticamente non parla – con eccesso di enfasi riguardo al self-control. Sta di fatto che la malavita nella sua interezza, dal rapinatore all'alcolista violento, dal balordo che non paga il conto al molestatore di donne, non si è mai più fatta viva ai Tre Pini; e mi piace attribuire questa circostanza alla contegnosa indifferenza opposta da quel bar di femmine alla criminalità circolante, come se il crimine fosse una cosa che non le riguarda, che *non può* riguardarle. Una piccola interferenza trascurabile, una seccatura che passa e va. Del resto la malavita, in tutto il mondo, e da che mondo è mondo, si serve di un cast di quasi soli maschi.

Quando vedo le donne dei Tre Pini che governano, quietamente organizzate, il loro tintinnante corredo di stoviglie e il loro disciplinato convoglio di bevande e pietanze, mi viene da domandarmi a cosa servono i maschi, anche quelli non dediti al crimine, se non a costituire il grosso della clientela: gli operai che lavorano qui attorno, i trasportatori di passaggio, gruppi di ragazzi che bevono e ridono, vecchi che stazionano per ore allo stesso tavolino con la stessa tazzina di caffè. Me lo chiedo sempre più spesso a mano a mano che il mio "lavoro" – non so se ve l'ho già detto, ma passo parecchie ore alla settimana classificando con il mio amico Ricky l'esultanza dei calciatori dopo il gol – mi sembra la più ignominiosa e ridicola cazzata mai concepita pur di tenere buoni almeno due maschi adulti (su un totale di qualche milione) che non hanno niente di utile da fare, qua attorno.

Forse, non fossimo ricercatori nel campo dell'esultanza sportiva, io e Ricky faremmo una rapina. Forse entreremmo in un posto come i Tre Pini per prelevare l'incasso, che io giudicherei miserabile e Ricky cospicuo e molto gratificante, specie considerando che siamo solo alla nostra prima rapina. Forse fuggendo in macchina chiederei a Ricky perché diavolo si chiama Ai Tre Pini, visto che ci sono solo due cipressi. Lui mi direbbe, con una certa irritazione, che devo sempre trovare il difetto in tutto quello che mi circonda, e che Ai Tre Pini gli è sembrato un nome comunque all'altezza del locale. La Figa Parlante che abita fissa nella mia macchina ci ordinerebbe, imperiosa, di raggiungere il punto d'avvio dell'itinerario. Forse troverei la forza di confessare a Ricky che non solo non sono mai riuscito a trovare, una volta che sia una, il punto d'avvio dell'itinerario, ma non saprei neanche dire esattamente che cosa significhi "punto d'avvio dell'itinerario". Pensandoci meglio credo che non glielo direi, non certo per non irritare Ricky (adoro irritarlo), ma perché sentendo la voce piena di sesso della navigatrice mi verrebbe in mente la barista pallida con i riccioli bruni che ho appena rapinato; e che mi ha consegnato l'incasso con un sorriso di scherno, come se volesse dirmi "prendi pure questi quattro soldi, Ciccio, e sparisci per sempre, che qui abbiamo altro da fare che farci rapinare da due sfaccendati come voi". E tantomeno direi a Ricky che la barista mi piaceva parecchio. Non voglio dargli la soddisfazione di ammettere che mi piace qualcosa.

# Diciassette

Se ho una sindrome, è una sindrome composita. Multipla. Oltre a darmi decisamente sui nervi i selfie, l'esibizionismo individuale e di gruppo, l'abuso dell'egòfono (per non dire dell'esultanza dei calciatori che in un certo senso riassume tutte le precedenti degenerazioni in brevi sequenze, a loro modo magistrali), comincio a nutrire una inedita diffidenza *fisica* per gli esseri umani. Non che li trovi *brutti*. Li trovo ingombranti.

Negli ultimi tempi ho la strana sensazione che la gente stia sempre per venirmi addosso, urtarmi, impedirmi il passaggio. L'ingombro degli umani mi sembra ingigantirsi, come se non mi fossi mai reso conto, prima, della nostra taglia effettiva, più prossima a un gorilla piccolo che a un topo grosso. All'aperto o al chiuso, per la strada o in un locale pubblico, ho l'irragionevole percezione che lo spazio non basti *mai* a contenere i presenti; e anche se bastasse, che i movimenti dei presenti siano così sciatti e incontrollati da rendere inevitabile la collisione.

Per esempio. Mi imbatto di continuo in persone che per salutare o dire una spiritosaggine, o per affari loro, si bloccano sulla soglia di un bar o di un negozio, ostruendola, e senza rendersi conto che la stanno ostruendo. Mentre chiedo "permesso?" con un sorriso tirato, mi domando se sia la mia insofferenza a moltiplicare questo genere di minimi intoppi, vecchi come i modi villani dai quali l'urbanità ancora non ci ha riscattati. Oppure se effettivamente il fenomeno sia in aumento, e lo sia in conseguenza di una sempre più vaga percezione degli altri, a sua volta conseguenza di una sempre più ottundente considerazione di se stessi...

Non c'è dubbio che la dilagante sindrome dello Sguardo Basso contribuisca non poco a questo mio stato d'ansia. Se la persona che ti viene incontro sullo stesso marciapiede incrocia il tuo sguardo, hai la certezza che ti abbia visto. Non dico *guardato*, non pretendo tanto. Dico *visto*: percepito come sagoma fisica. Se invece sta fissando il suo egòfono e cammina come sospesa sul misterioso sentiero che la conduce altrove; oppure discute, a voce altissima, con un remoto interlocutore al quale cuffia e microfono danno la precedenza su tutto ciò che è fisicamente circostante, penso che questa persona abbia possibilità molto ridotte di mettere a fuoco il luogo dove sta tracciando la propria rotta, e chi altri lo stia percorrendo, e gli eventuali ostacoli organici e inorganici dei quali è disseminato il paesaggio. E subito mi sento gravato, non desiderandolo affatto, non solamente della responsabilità dei *miei* passi ma anche dei *suoi*.

Se il timore di urtare e di essere urtato fosse limitato a circostanze di evidente promiscuità, o a casi in cui chi avanza verso di me punta diritto alle mie scarpe, non mi preoccuperei troppo. Sta diventando, invece, un'ansia generica, spalmata su un'area che esula decisamente dalle mie possibilità di controllo. Non il vicolo stretto, anche il largo viale dai marciapiedi sontuosi mi sembra minacciare imminenti scontri tra passanti. Ed è sempre meno rilevante che l'ipotetico incidente possa coinvolgere proprio me. Anche l'ipotesi di incidenti tra terzi mi turba. E sempre più spesso mi sorprendo a sorvegliare con apprensione non solo il mio marciapiede; ma anche quello del lato opposto, il cui parziale occultamento da parte delle auto parcheggiate me lo fa apparire ancora più impervio e rischioso. La piazza, il giardino pubblico, il parcheggio sono diventati, per me, altrettanti scenari di itinerari fuori controllo. I luoghi affollati mi paiono, tutti, formicai scoperchiati, dove si intrecciano e si ammucchiano i passi scomposti di individui che hanno perduto la bussola. E il peggio è che avverto l'istinto irresistibile di determinare, anche a distanza di decine di metri, la direzione di questo o quel pedone, in una specie di delirio di controllo e insieme di smania protettiva che non ha niente di sano o di sapiente, e sta velocemente virando verso la patologia.

Naturalmente andare a ritirare Agnese al pronto soccorso per essere stata stesa da un ciclista e per averlo steso, come due omini di videogame diversi incappati in una fatale interferenza, ha accentuato la mia ansia da ingombro. E, sempre naturalmente, non è che il mio prossimo, in questa particolare congiuntura storica, stia facendo molto per sollevarmi da quest'ansia. Voglio dire: a parte tutto, e al netto di quanto nevropatico io stia diventando, non avete anche voi l'impressione che *davvero* l'ingombro delle persone stia aumentando, e da parecchi punti di vista? Siamo veramente sicuri che non esista una corrispondenza tra ingombro psichico e ingombro fisico di una persona? Una o uno che riproduce la propria immagine dieci o venti volte al giorno, da quando si lava i denti a quando mangia la pizza con suo cugino, e di ciascuna di queste dieci o venti immagini fa pubblicazione così da essere, ogni giorno, diecimila o ventimila volte percepito e magari altrettante volte ritrasmesso; una o uno che dice e scrive *io* a raffica, dappertutto, sempre, praticamente usando gli *io* come i punti del puntocroce che crivellano pian piano la tela; le due ragazze americane in jeans che nel forno crematorio di Auschwitz – le ho viste con i miei occhi – si fanno un selfie; il

mio coetaneo che l'altro giorno, sul treno, litigando con l'avvocato della ex moglie, vociava nell'egòfono le condizioni del *suo* divorzio di fronte a cinquanta persone che fingevano indifferenza per coprire l'imbarazzo; be', non sarebbe verosimile, scusate, che tutte queste persone, giorno dopo giorno, centimetro dopo centimetro, *occupassero uno spazio fisico maggiore*?
Sono pazzo?

Ho chiesto a Ricky se, secondo lui, sto diventando sociopatico. Naturalmente Ricky dice di no, per Ricky niente è mai davvero patologico, si tratta solo di abituarsi a quanto l'esistenza umana sia piena di formidabili sorprese: un giorno magari uno si sveglia trasformato in uno scarafaggio, figurarsi se è così rilevante camminare per la strada convinti che qualcuno stia per darti un urtone. Dice Ricky che sono solo stressato e avrei bisogno di grandi spazi aperti. Per esempio la Lapponia, secondo lui, sarebbe molto adatta. Gli dico che se incontrassi anche un solo lappone, che sbuca dalle betulle e mi viene incontro lungo un sentiero, starebbe digitando e avrei paura che mi venisse addosso. Mi dice che è stancante, alla lunga, sentirmi sempre fare lo spiritoso. Gli dico che è molto più stancante avere per migliore amico uno che anche al tuo funerale direbbe che ti riprenderai al più presto. Mi dice che anche quella è una battuta, e che il mio problema è che non parlo mai sul serio. Gli dico che se parlassi sul serio finirei per dire cose molto più gravi e irrimediabili, rendendo impossibile il suo compito di sdrammatizzatore.

Come quasi sempre mi succede, è solo dopo avere discusso con Ricky – come con chiunque altro – che capisco davvero che cosa avrei voluto, che cosa avrei dovuto dire. Prima, mentre discuto, mi blocca il timore di prevaricare, e in fin dei conti – ha ragione Ricky – fare lo spiritoso è solo una maniera per scansarmi, esattamente come faccio per strada quando mi sembra che chi arriva sia in rotta di collisione. Mi levo di mezzo io prima che (non) si ponga il problema lui. Non ho mai capito, in tutti questi anni, se sia timidezza o alterigia la molla che mi spinge a evitare l'urto con gli altri. Per capirlo, d'altra parte, dovrei passare mesi o anni a occuparmi di me stesso, in buona sostanza a dire "io", ed è il contrario preciso di quanto ho intenzione di fare. Forse non sono mai stato abbastanza male da sentirmi obbligato a pagarmi un analista. Forse l'unica sberla ricevuta da mio padre, motivata dall'abuso di "io", ha lasciato una traccia indelebile. Forse, infine, nessun dramma personale è tale da poter essere vomitato in faccia agli altri. Per quelli rimediabili, basta e avanza la commedia. Per quelli irrimediabili, in novecentonovantanove casi su mille è preferibile il silenzio. È più decente.

Così mentre guido verso casa, con lo stereo muto e la Gran Figa spenta, penso che a Ricky avrei dovuto dire semplicemente questo: la mia opinione è che ognuno dovrebbe fare un passo indietro. Da tutti i punti di vista. Anche fisicamente. Darsi un poco di spazio e, dandoselo, darne anche a chi gli sta intorno. Come c'è un frattempo tra un'azione e l'altra, così dovrebbe esserci un fralluogo tra una persona e l'altra. E come il frattempo, così il fralluogo serve a dare fiato. Un passo indietro e una parola di meno. A cominciare da me, che sto decisamente parlando troppo di me stesso.

# Diciotto

Rimane fermo nel punto del prato dal quale ha scoccato il tiro vincente. Non salta, non corre, non urla. Allarga le braccia sorridendo, a mani aperte, con le palme rivolte in avanti, nel gesto classico dell'attore che ringrazia il pubblico. Le abbassa quasi subito. La posizione del corpo è decontratta, da sforzo concluso, da milite che ha deposto le armi. L'abbraccio dei compagni prende la forma della sua compostezza: gli appoggiano le mani sulle spalle, si congratulano con pacche e buffetti, uno gli dà un bacetto in testa, ma non lo sommergono. Il campo non risulta sconvolto o increspato dal gol, semmai placato. Durata: undici secondi.

Non credo ai miei occhi. Dico a Ricky: è sicuramente un gol di nessuna importanza, tipo il settimo gol di un sette a zero. Quando si esulta pochissimo anche per non mortificare l'avversario. Ricky consulta i suoi appunti e smentisce: è un gol molto significativo, il gol del vantaggio verso la fine del primo tempo, contro un avversario di pari livello. Cercando di non far capire a Ricky che per la prima volta il nostro stravagante incarico minaccia di coinvolgermi, gli dico che mi sembra indispensabile approfondire modi e tempi di un'esultanza così sobria, dunque così insolita. Bisognerebbe cercare anche altri gol di... come si chiama?, e confrontarli con questo. Mi dice che si chiama Medardi ed è uruguaiano.

Amos Medardi. Un *puntero uruguagio* fortissimo, aggiunge Ricky, che tiene molto a declinare la sua competenza calcistica in tutte le lingue conosciute. Credo che consideri questo rigore filologico un segno di serietà professionale, nella segreta speranza di contagiarmi. Se anche io mi decidessi a dire *puntero uruguagio*, vorrebbe dire che finalmente ho preso sul serio il nostro incarico. È proprio per questo che non lo dico. Neanche morto, dico *puntero uruguagio*.

Ricky digita velocissimo, apre e chiude finestrelle con un'agilità nervosa e prestante, come se il decimo di secondo che ogni polpastrello è in grado di guadagnare, moltiplicato per tutti e dieci i polpastrelli, non gli concedesse solamente uno stupido secondo in meno, ma una vita supplementare in più. Magari da spendere a digitare sempre più velocemente le stesse stronzate. Non abbiamo nei nostri file altri gol di Amos Medardi, mi comunica Ricky dopo quattro secondi e due decimi. Lo vedi, gli dico, lo sapevo che non conta niente. Sei matto, dice Ricky, è stato anche capocannoniere. E pronuncia quella ridicola, interminabile parola, *capocannoniere*, scandendo bene le sillabe. Dare lustro alla sua competenza calcistica gli serve anche come sottolineatura della mia incompetenza.

Allora procuriamoci i gol di questo *capocannoniere*, dico a Ricky facendogli il verso; ma a dispetto dell'intenzione sarcastica, non riesco a nascondere del tutto il mio interesse per la situazione. Infatti mi scappa di bocca, di seguito, il più compromettente dei commenti: trovare quei gol, gli dico, è importantissimo per il nostro lavoro. Ricky è molto colpito. Anzi, è sbalordito. È la prima volta che chiamo "lavoro" quell'umiliante parcheggio di due anziani precari in una nicchia assistenziale del nostro sistema universitario. Ricky non mi ha mai visto davvero interessato a quell'insopportabile rassegna di isterici che urlano, scoppiano in lacrime, si strappano la maglia di dosso. Anche se non si è levato gli occhiali, capisco da come mi guarda che è *contento*. Peggio: è orgoglioso di me.

# Diciannove

Basta salire di qualche chilometro in direzione dei monti per avere un poco di tregua da cubi e tubi. Così dice la vecchia Oriani, cubi e tubi, con il suo sorriso fatto a ferita, quando parla del paesaggio nel quale viviamo sprofondati. Per dire la verità cubi e tubi ti inseguono anche lungo i fondovalle, almeno fino a una certa altezza, come se volessero impedirti la fuga. Come nei film d'avventura, quando l'eroe scappa e la marmaglia lo insegue. Ma basta infilare una laterale che si arrampica verso i crinali e piano piano ci si scuote di dosso quella massa appiccicosa di edifici, tralicci, piazzali, rotonde, cemento spalmato, è come alleggerirsi. Io torno a respirare, torno a guardare.

Un sabato qualunque, con Agnese, stiamo salendo in macchina verso qualsiasi posto sia un poco più in alto. Siamo di buon umore, stiamo decidendo dove mangiare, Agnese cerca sull'egòfono le tracce di un ristorante nel quale andava, da ragazzina, con i suoi genitori. Per celebrare la gita alzo il volume dei Kings of Leon fino alla soglia, per me insolita, dell'entusiasmo.

Accetto discussioni sul fatto che i Kings of Leon possano anche non essere il migliore gruppo rock del mondo. Posso anche ammettere che siano soltanto tra i primi tre. Ma è oggettivamente appurato che il loro leader Caleb Followill è il più grande cantante rock mai esistito. Fidatevi. In parecchi anni di musica in macchina, imbozzolato nei suoni per proteggermi dalla dolorosa insulsaggine dell'esterno, la voce di Caleb mi ha sollevato più di ogni altra. Sarà che lui è dell'Oklahoma e l'Oklahoma, già dal nome, profuma di praterie e di spazio. Io ho sempre giudicato gli stati americani dal nome, l'Oklahoma *non può essere* un posto di merda. E nel caso lo fosse, per cortesia non fatemelo mai sapere.

Appena finita *Cold Desert* manifesto ad Agnese la mia ammirazione per la voce di Caleb, sarà la centesima volta che la rendo partecipe di questa confidenza. Accade nelle coppie consolidate (stiamo insieme da più di quattro anni) di ripetersi spesso: a seconda dei punti di vista è uno dei danni della consuetudine oppure uno dei suoi comfort. Ma siccome oggi mi sembra un giorno speciale, sento il bisogno di inserire nella mia devozione per Caleb una variante che la renda un po' meno scontata. Le dico che per essere sulla scena da così tanti anni è quasi incredibile che i Kings conservino intatta quell'energia, quell'impatto, come se fossero sempre ragazzi.
Ma *sono* ragazzi, risponde Agnese.
Va be', dico io, ragazzi per modo di dire, saranno almeno quindici anni che fanno dischi e stanno sulla scena. Tanto ragazzi non possono più essere. Ma già mentre lo dico, che i Kings non possono più essere *così ragazzi*, un remoto ma percettibile bip di allarme comincia a pigolare nella mia testa, in fondo al cervello, nella profonda stiva delle cosiddette certezze, laddove non vorresti mai andare a mettere le mani perché sai benissimo che se si inceppa qualcosa laggiù, allora il problema è serio. Un problema radicale. E siccome quel bip riguarda, dei miei macchinari mentali, quello che misura il tempo e inquadra la vita in tutto il suo maledetto consumarsi, subito chiedo ad Agnese di verificare quanti anni ha Caleb Followill; quanti *più di me*, intendo, e già l'idea che ne abbia

solamente tre o quattro in più, e insomma sia pressappoco mio coetaneo, mi provocherebbe un certo sconquasso, essendo il mio rapporto con Caleb il tipico rapporto adorante e sottomesso del fan con la star, ovvero del minore con il maggiore, dell'inferiore con il superiore, dell'allievo con il maestro. Insomma con uno che, per raggiungerlo, sai che ti toccherà fare ancora parecchia strada: perché lui è partito prima di te, molto prima di te. E se c'è una cosa che ti rassicura è proprio questa, che lui ha avuto più tempo di te, ha vissuto più a lungo, sperimentato più cose. E dunque puoi non sentirti frustrato e non invidiarlo.

Così potete immaginare come mi sento quando Agnese, dopo breve digitazione, mi comunica che Caleb Followill è nato il 14 gennaio del 1982.

Vuoi dire che il più grande cantante rock di tutti i tempi ha due anni meno di me? Non è che lo voglio dire io, risponde Agnese. Lo dice Wikipedia. E subito dopo spegne l'egòfono e lo ficca nel tascone della sua portiera. Quando Agnese spegne l'egòfono è perché il momento è significativo. Nel bene o nel male. Lo spegne mentre facciamo sesso, almeno nelle fasi non interlocutorie, o quando ha voglia di litigare, o quando ritiene che la conversazione richieda una dedizione straordinaria, e addirittura la necessità, davvero solenne, di guardarsi negli occhi. Così capisco che Agnese ha capito che qualcosa di rilevante sta accadendo nella vecchia Ford, e per la precisione che io non avevo mai preso in considerazione, neppure lontanamente, l'ipotesi che Caleb Followill potesse avere due anni meno di me; è inaccettabile. Doloroso e inaccettabile.

Sono io, dunque, a non essere più *così ragazzo*. Ascolto i dischi di gente che è diventata, senza avvisarmi, scandalosamente più giovane di me. Ogni anno che passa, un sacco di gente famosa è un poco più giovane di me. Poiché ho l'idea di essere, grosso modo, sempre lo stesso, e di vivere sempre alla stessa maniera, mi prende alla gola come un cappio la sensazione, vertiginosa, che siano gli altri a ringiovanire. Non io che invecchio. Gli altri che ringiovaniscono.

Non si spiega altrimenti il fatto che fino a poco tempo fa gli altri sono sempre stati quasi tutti, indiscriminatamente, più grandi di me, in particolare le persone a qualsiasi titolo notevoli, importanti, famose; e quando li guardavo li vedevo tutti quanti molto più avanti nella vita, ben oltre il punto dove mi trovavo io. Se guardavo in là, più in là di me, più in là del mio percorso ancora acerbo, vedevo gli altri. Li stavo inseguendo. Ed ecco che quasi di colpo, soprattutto per responsabilità di Caleb Followill e del maledetto egòfono di Agnese, succede che una notevole fetta di altri, per guardarla, devo voltarmi indietro: verso la giovinezza, verso il tratto di strada che io ho già consumato, loro ancora no.

Me li ritrovo alle spalle a tradimento, gli altri, come se fossimo partiti tutti insieme ma loro, poi, si fossero nascosti dietro gli alberi, durante una corsa campestre organizzata per scherzo, apposta per farsi sorpassare da me senza che me ne accorgessi; e mentre io mi sfianco verso chissà quale traguardo (un dottorato in esultanza dei calciatori?), loro si sono accomodati sul prato, al sole, a godersi la vita. E di me neanche parlano più, neanche si divertono a prendermi per i fondelli, mi danno per disperso; già sono passati ad altro argomento.

Poi Agnese peggiora la situazione, a fin di bene ma la peggiora. Mentre annaspo sul ciglio della mia decrepitezza, sotto il quale si spalanca il burrone del fallimento, lei mi dice che dopotutto anche i goleador dei quali studio le gesta sono, quasi tutti, più giovani di me. Non solo le persone che ammiro – intende dire Agnese – sono più piccole di me. Anche quelle che non ammiro per niente. E questo, secondo lei, dovrebbe lenire l'eventuale insorgenza di invidia o frustrazione. Se un genio è più giovane di te, ti fai delle domande. Se è un cretino, non te ne fai neanche mezza.

Ma invece di darmi sollievo, l'idea che solo pochissimi e anzianissimi centravanti alle soglie del ritiro, già mezzi intronati dai troppi colpi di testa, già obsolescenti agli occhi dei compagni, siano miei coetanei, e tutta l'altra genia degli esultanti non fosse neanche nata quando io già andavo alle medie, mi fa sentire una specie di rottame.

Sto per proporre ad Agnese di battere in ritirata e di ritornarcene tra cubi e tubi. Lei capisce il momento, mi dice che si è ricordata il nome del ristorante che stiamo cercando. O forse è soltanto il pretesto per riaccendere l'egòfono.

# Venti

Un giorno mi chiamano le Kaumakis, per una volta univocamente festose, e annunciano che c'è una proposta interessante per il capannone. Non riesco a crederci, dico. Invece *deve* crederci, dicono loro, e il "deve" è uno squillo di tromba. Non so quante volte l'ho già sentito, in quante situazioni diverse, da quante persone differenti, che *devo* crederci. Che *bisogna* crederci. Si tende a trascurare il fatto che se la speranza è un dovere, prima o poi è destinata a diventare odiosa.

Mi spiegano le Kaumakis che si tratta di una proposta di affitto. Ma per un periodo breve (il tono scende di un niente). Forse sei mesi, forse solamente tre (il tono scende di un altro rigo nel pentagramma umorale). In realtà, aggiunge, non so se ne valga davvero la pena (il tono precipita, la Kaumakis vitalista lascia la scena senza combattere alla Kaumakis funeraria).

Chiedo chi sarebbe l'affittuario. Una cooperativa di giovani, mormora il filo di voce rimasto in rappresentanza dell'Immobiliare Sogno. Ragazzi che organizzano eventi, aggiunge il filo di voce: e capisco che perfino lei, scatafondata fin qui da non so quale tundra affamata o foresta minacciosa, nel pronunciare la parola eventi ne avverte la pomposa vuotaggine. Mi chiedo – è un attimo, una delle mie vampe neuronali che bruciano in un istante un accumulo di immagini e pensieri, praticamente un film completo – quanto tempo è necessario, a una che scappa da quel tipo di penuria, per prendere le misure della *nostra* penuria, così diversamente disposta. Così che, qui da noi, un disgraziato che lavora quando capita, allineando con una certa cura quattro carabattole sotto quattro lampade e stappando quattro bottiglie di spumante, può pur sempre raccontare in giro, e raccontare a se stesso, che quello è un evento, e che lo ha organizzato proprio lui.

Magari invece si tratta, in questo caso, di eventi di rilievo (mostre feline? rave party? corse di go-kart indoor?), ipotesi che mi darebbe una certa apprensione logistica: non so se il capannone sarebbe all'altezza. Ma pretendere dalle Kaumakis che siano in grado di stabilire, in un paio di telefonate frettolose, di quale caratura siano gli eventi in questione, sarebbe troppo. E poi fare ulteriori domande mi ricaccerebbe nella solita, sgradevole posizione del dubitoso che cerca sempre il pelo nell'uovo. È un pezzo di me stesso, quello, del quale comincio a essere piuttosto stanco; quel me stesso al quale gli altri, prima o poi, domanderanno che cosa accidenti pretende, che cosa gli servirebbe, di così speciale, per sentirsi a suo agio. È troppo faticoso spiegare che di speciale non pretendo niente. Cose normali, quelle sì.

Dico alla mia immobiliarista bipolare che bisogna incontrare senz'altro questi ragazzi. Valuteremo insieme.

La mattina dopo, a Capannonia, c'è un timido sole invernale che prova inutilmente a ravvivare la massa grigia dei muri prefabbricati, dei cementi oleosi, delle lastre anonime che fanno le veci dei tetti. Arrivo in anticipo e lascio la macchina davanti all'intercapedine (chiamarla cortile sarebbe eccessivo) che separa il capannone di mio padre da quello di Squarzoni. Da bambino, quel lungo vuoto di terra battuta che si infila tra le due enormi scatole di cemento, largo tre metri e lungo una quarantina, quasi sempre in ombra, rotto qui e là dai grami alberelli infestanti che né mio padre né Squarzoni si curavano di debellare ("ho mica tempo"), mi spaventava. Mi ci inoltravo apposta per sfidare il brivido claustrofobico, vedevo in quella fuga di pareti due valve implacabili che minacciavano di restringersi al mio passaggio e schiacciarmi. In fondo, a chiudere la via e la vista, c'è un muro, un vecchio muro di mattoni sopravvissuto non si sa come, residuo di edilizie campestri dalle fattezze irregolari, non prefabbricate e per questo, allo sguardo, più umane. Affacciandosi oltre il muro si vede un largo fosso fetido, pieno di plastiche e vecchie latte che languiscono nell'acqua stagna. Quel muro era la mia meta, il premio del rischio corso violando quel canyon dalla tetra forma carceraria. La sagoma rossa in fondo al rettilineo separava i capannoni dai campi, non si sa se per proteggere questi da quelli o quelli da questi. Le sconnessioni dei vecchi mattoni sbrecciati mi permettevano di arrampicarmi, e una volta seduto in cima al muro guardare l'oltre, lo spazio sconfinato e misterioso che Capannonia non era ancora riuscita a inghiottire, dai gelsi potati bassi, fila di tronchi neri subito al di là del fosso, al mais che ondeggiava al vento estivo, e ancora oltre i pioppi esili e svettanti, e ancora più in là il profilo nebuloso delle montagne che emergeva come sola plausibile porzione di crosta terrestre in fondo al disfatto allungarsi della nostra pianura.

In attesa delle Kaumakis e dei ragazzi che organizzano eventi (saranno più giovani di me? più giovani di Caleb Followill?) risalgo lungo i fianchi del capannone, verso il muro rosso. Sorrido ripensando all'ansia che mi costava, quel percorso, quando ero alto meno della metà e il mondo, di conseguenza, era grande più del doppio. In terra, tra pochi steli secchi, qualche cartone fradicio, un paio di cassette sfondate e un vecchio macchinario semiarrugginito che Squarzoni deve avere ripudiato di recente, esiliandolo in quella terra di nessuno nella quale nulla può costituire intralcio.

Alla mia sinistra il silenzio ormai raffermo del mio capannone, chiuso da anni. A destra il capannone di Squarzoni lascia sortire dai lucernai la voce feroce del tornio o forse della fresa; si sente stridere il metallo, è un suono che quasi contiene scintille. Immagino Squarzoni con gli occhiali polarizzati, la grossa testa calva imperlata di sudore e in mano il pezzo da forgiare: per ottenere una buona madreforma ci mette anche mezza giornata, è uno che bada al decimo di millimetro. "Sbagli la madre, rovini la razza" è una delle sue massime da officina predilette. Non sta ancora molando: conosco bene la voce della mola, fa un sibilo meno cruento, a suo modo melodioso. "Il tornio strilla, la mola canta" è un'altra delle frasi celebri di Squarzoni. Ne registravo a decine quando da ragazzino andavo a trovarlo, stanco del meticoloso silenzio di mio padre che trafficava magari per mezz'ora attorno a un legnetto usando certe carte vetrate di grana finissima, mai contento della levigatura. Nell'officina accanto lo spettacolo era molto più energico, il metallo non è docile come il legno, lo scontro è titanico, il rumore assordante, la pioggia di scintille fa un puzzo arroventato, e in quegli inferi in miniatura mi sentivo rianimare. Magari il mio spento padre avesse anche lui sprizzato scintille dalle mani...

Raggiungo il muro, un gatto colto di sorpresa lo scavalca e fugge. Come le altre volte che ne ho misurato la mole da adulto, il muro è molto più basso di come lo ricordavo, nemmeno due metri; mi alzo sulla punta dei piedi ma non c'è molto da guardare, il retro di un ipermercato ha preso il posto dei gelsi e del campo di mais. Rimane, a perpetua memoria, il fosso putrido, e in fondo, sempre più in fondo, l'ombra incertissima dei monti, più un sentore che una visione. Controllo se ci sono ancora i mattoni smossi che mi facevano da appiglio per arrampicarmi. Ci sono ancora.

Ritorno sui miei passi, rasente il muro del mio capannone. È muto e freddo, passo una mano sul cemento come per cercare scalfitture anche in quell'interminabile fiancata liscia e inespressiva, la ricognizione diventa, metro dopo metro, una specie di lunga carezza involontaria. Appena me ne rendo conto ritraggo la mano, infastidito dalla percezione improvvisa di una confidenza non desiderata.

Sbuco dalla fiancata e vedo, davanti alla porticina, le Kaumakis con un ragazzo e una ragazza sulla trentina che mi guardano arrivare. L'aspetto al colpo d'occhio è quello, insieme sfocato e inconfondibile, dei giovani stagionati né ricchi né poveri che non hanno ancora deciso bene che cosa fare nella vita. Il mio aspetto, insomma.

Lui è sulle soglie della prima calvizie, lei delle prime rughe. Mi sembrano perplessi, forse si aspettavano di avere a che fare con un operaio, non con un loro simile. Danno un rapido sguardo alle Kaumakis, come per avere conferma che sono proprio io il proprietario del capannone. Valuto istintivamente, e forse è solo un mio pregiudizio, che avrebbero preferito trattare con qualcuno ritenuto socialmente inferiore, uno con il camice e le mani sporche di grasso o di vernice. Mi rendo conto solo adesso che rispetto al mio solito sono un poco più in tiro, non ho i jeans ma i pantaloni di velluto grigio a coste piccole, camicia bianca, maglione blu, il trench imbottito che mi ha regalato mia madre per Natale. E mi sono appena tagliato i capelli. Mi chiedo davvero che cosa sembro solo quando mi sento osservato, come adesso; non me lo chiedo mai prima che mi osservino, e credo sia per questo che lo sguardo degli altri mi coglie sempre impreparato, non calato nella parte.

Oggi devo sembrare, a occhio e croce, un professore di liceo o un assistente universitario. Uno che prima o poi potrebbe anche pubblicare, cofirmato con il suo amico Ricky, un prestigioso studio (il primo al mondo?) sull'esultanza dei calciatori dopo il gol. E loro sembrano, sempre a occhio e croce, due che per ingannare il tempo, e rimandare i conti con la propria impossibilità di fare i conti, organizzano eventi. Invece di sentirmi più a mio agio, ritrovarmi tra omologhi mi indispone. Non favorisce alcuna forma di gerarchia. Genera quella opaca promiscuità nella quale tutti sono facilitati a spacciare la propria debolezza per forza e i propri torti per ragioni.

Ho la conferma che sono due miei simili appena lui apre bocca. Mi dice che si occupa di food. Chissà se esamina alla moviola la filiera della provola, anche lui con un Ricky che lo assiste. Che lo incoraggia a documentare in ogni aspetto tutto il percorso della provola, dalla vacca fino al piattino bianco con i cubetti per gli assaggi, e una hostess di medio prezzo (anche lei dei nostri) che invita i visitatori a degustare.

Lei, una brunetta cordiale, mi fa un sorriso amichevole e mi basta per dissolvere il grumo di pensieri ostili che mi si era istantaneamente addensato nella testa. Mi rendo conto della velocità ormai spaventosa con la quale il mio malumore liquida cose e persone, quasi me ne vergogno, in momenti come questi mi sento a un passo dal diventare uno stronzo totale; per rimediare, anzi per salvarmi, sorrido anche io ai miei due compagni di naufragio. Le Kaumakis, cerimoniose, ci invitano a visitare il capannone. Già impugnano le chiavi, che tintinnano al contatto con la vistosa bigiotteria. Considero quante chiavi devono avere maneggiato, quelle mani, di quanti luoghi ormai cavi, svuotati dalla vita delle persone.

Potentissimo, l'odore del legname nella penombra è il primo impatto. Dai lucernai sporchi, rigati dalle merde dei piccioni, filtra una luce pallida. Le sagome delle macchine, alcune coperte da un grande telo verde, ci fanno sentire ospiti. La loro disposizione, ben discoste l'una dall'altra, ha una solennità museale; il capannone, la cui sagoma troppo qualunque dall'esterno non è ben valutabile, all'interno pare enorme. Come ogni volta, mi sorprende la relativa pulizia, che impedisce al luogo di sembrare troppo penosamente degradato. Le chiazze di morchia, sul pavimento attorno alle macchine, sono celate dalla finissima polvere di segatura che copre ogni cosa, e a ogni nostro passo si alza in impalpabili mulinelli. Sospetto che Squarzoni, che ha un altro mazzo di chiavi, venga ogni tanto a dare una pulita. Senza dirmelo per non farmi sentire troppo inadempiente e troppo lontano da mio padre, il suo amico, il suo vicino di fatica.

La ragazza guarda con perplessità la catasta. Occupa almeno un terzo del capannone, ma sembra ancora più imponente perché si alza in verticale, fino a sfiorare i grossi tubi dell'aerazione. Mi rendo conto che è un ingombro impressionante, e deve sembrarlo ancora di più a chi lo vede per la prima volta. Noi facciamo dimostrazioni di cucina naturale, dice la brunetta, abbiamo bisogno di parecchio spazio. Per questo abbiamo optato per un capannone, dice il ragazzo. Non ho idea di che cosa siano le dimostrazioni di cucina naturale, né in che cosa si differenzino dalle dimostrazioni di cucina non naturale, ma cerco di essere propositivo. Capisco il problema, dico, ma il legno è molto, e dall'oggi al domani non saprei come sgomberarlo e dove metterlo.

Le nostre voci non producono eco o rimbombo, il legno è elastico, la grande catasta assorbe i suoni, l'acustica di questo posto è sempre stata eccellente. Viene naturale, appena si entra, parlare a bassa voce: si distingue ogni sillaba.

Se dovete fare anche musica, dico, siete nel posto giusto. Ma non facciamo musica, dice la brunetta. Sorridendo con benevolenza le Kaumakis seguono la trattativa, ma non sembrano in grado di condurla a buon fine. Si tratterebbe di sgomberare tutta quella legna in cambio di un affitto di sei mesi. Mi offrono ottocento al mese. Sono comunque cento in più del mio sedicente stipendio. Ma anche ammesso che io trovi un posto dove ricoverare la legna, escluso che riesca a venderla entro pochi giorni, non mi sembra proprio che ne valga la pena. Dico che mi dispiace, non credo sia fattibile.

# Ventuno

Tutto dipende da quello che hai intenzione di fare, dice Agnese mentre cammina al mio fianco. Le dico che così su due piedi non sono proprio in grado di stabilirlo, che cosa ho intenzione di fare. Non mi risponde e dice: comunque dobbiamo aspettare fino a giovedì, per capire se è arrivata la prenotazione. Le dico che non capisco assolutamente cosa mi sta dicendo. Quale prenotazione? Si ferma, si gira verso di me, con un dito mi mostra l'auricolare ficcato nell'orecchio e il microfonino che penzola sulla guancia, per farmi capire che non è con me che sta parlando.

Sta telefonando.

Agnese quando cammina tiene l'egòfono in tasca, e appena lo sente vibrare risponde schiacciando un pistolino che sta da qualche parte. La natura minima e furtiva del gesto pretenderebbe di renderlo discreto; lo rende, viceversa, spaventosamente intrusivo, perché il risultato è una persona che all'improvviso comincia a parlare ad alta voce senza che tu abbia il minimo indizio che, nonostante siate solo tu e lei, non è con te che sta parlando.

Non avevo capito, le dico abbastanza seccato, che stavi telefonando. Lei dice: scusa un attimo, e non capisco se sta dicendo scusa un attimo a me oppure alla persona con la quale sta parlando. Adesso sembra seccata lei e dice, credo a quell'altro/a, che sarà meglio riparlarne più tardi. Poi ride, la sua bella risata decisa, giubilante, così in contrasto con il suo pallore, e capisco che l'altro/a deve averle dato una risposta molto spiritosa, dalla quale mi sento escluso. Per rappresaglia rido anch'io, una risata plateale, di puro disturbo polemico, una cosa piuttosto infantile, lo riconosco, tipo "se ridete voi, allora voglio ridere pure io, altrimenti che cosa ci sto a fare?"; e Agnese mi fulmina con un'occhiata furibonda. Adesso non è il momento, dice serissima, e non capisco se quella frase – adesso non è il momento – è rivolta a me, all'altro/a oppure a entrambi.

Le chiedo se sta dicendo che adesso non è il momento a me oppure a quell'altro/a. Non mi risponde. Non parla più neanche nell'egòfono, ha ripreso a camminare con lo sguardo torvo fisso a davanti a sé. Impossibile sapere se il suo silenzio dipenda da qualcosa di molto serio e importante che le sta dicendo l'altro/a, oppure dal fatto che Agnese ha interrotto la comunicazione, oltre che con me, anche con l'altro/a, e dunque è silenziosa non perché sta ascoltando l'altro/a, ma perché non vuole ascoltare più nessuno.

Allora le tocco un braccio e le dico "pronto?", si ferma di scatto e mi dice che se c'è una cosa che la fa incazzare è quando dico "pronto?" per sottolineare sarcasticamente che l'unico modo di entrare in contatto con lei è telefonarle. Le dico che l'offeso dovrei essere io, visto che senza preavviso, intubata nei suoi fili, comincia a parlare con qualcuno a Timbuctù e io, pur essendo qui con lei in carne e ossa, rimango spiazzato e mi sento escluso; se vuole, per risolvere il problema, vado anche io a Timbuctù, così magari troverà interessante parlare *perfino* con me. Lei mi dice che questa stessa discussione si è ripetuta almeno cento volte e che sono un rompiballe stabile. "Ciccio, tu sei un rompiballe stabile" è una delle frasi preferite di Agnese, quando litighiamo.

(Sono un rompiballe stabile? Voglio dire, questa irritabilità incombente, questa scadente sintonia con le cose che mi circondano dipende solamente da me? Sparissi io, Giulio Maria con il suo corredo di malumori, malcontenti e malesseri assortiti, diventerebbe tutto, di colpo, bello, radioso, ordinato? I capannoni vuoti, le rotonde, i muri scoloriti, il reflusso metà ferroso metà plasticoso che rigurgita dalla mia terra stomacata, diventerebbero di colpo un magnifico e arioso posto? Gli egòfoni – il puntiforme, brulicante esercito che si è impadronito di noi penetrando, via occhi e orecchie, fino alle nostre anime, o se preferite alle nostre più recondite budella – si muterebbero in servi obbedienti e discreti, il cui primo dovere, come insegnano alla Scuola Superiore dei Collaboratori Elettronici, è non disturbare, non prevaricare, non dare scandalo in presenza del padrone e men che meno mettere il padrone nelle condizioni di dare scandalo? E soprattutto, se all'improvviso sparisse Ciccio il Rompiballe Stabile, potrebbe accadere questo vero e proprio miracolo, che la gente di qui decida un bel giorno di appurare una volta per tutte l'origine autentica della sordida trama ai propri danni; e rintracciato il bandolo di quel filo oscuro prenda a seguirlo passo passo, metro dopo metro, china sul filo, risalendo rotonda dopo rotonda, capannone dopo capannone, ipermercato dopo ipermercato fino a scoprire che l'altro capo del filo, quello di partenza, quello dal quale scaturiva ogni male, quello che orchestrava ogni disgrazia, parte dal proprio buco del culo?)

Dico ad Agnese che sarò anche un rompiballe stabile, ma sono un rompiballe che ha quasi stabilmente ragione. Lei mi dice che certe cose non succederebbero se io non pretendessi di essere sempre al centro dell'attenzione. Le dico che non voglio essere al centro di un bel niente, se c'è uno che al centro dell'attenzione proprio non vuole stare quello sono io, non stiamo litigando per una questione di vanità ma perché è urgente ristabilire un minimo di ordine e di razionalità nei rapporti tra gli umani: mi secca moltissimo non capire chi sta parlando con chi, mi secca moltissimo rispondere a capocchia a una domanda rivolta a un altro, è tutto fiato sprecato, no?

Allora lei mi dice che per rimediare da domani si procura un elmetto con la scritta STO TELEFONANDO e ogni volta che telefona se lo mette in testa, così posso regolarmi.

Allora io le dico che anche se si mette l'elmetto in testa risolve solo un pezzo del problema, e cioè mi fa capire che non è con me che sta parlando, e almeno mi solleva dalla fatica di rispondere a vanvera. Ma, elmetto o non elmetto, rimane in sospeso l'altro pezzo del problema. Il più importante. La sostanza della questione.

E quale sarebbe la sostanza della questione?, mi dice. La sostanza della questione è che il lontano sta diventando molto più importante del vicino, le dico. E siccome il vicino è la realtà materiale, e il lontano è solo un'astrazione, noi stiamo facendo deperire ciò che abbiamo a vantaggio di ciò che ci illudiamo di avere. Allora lei mi dice che questo sembra il tipico ragionamento complicato di quella vecchia sputasentenze della Oriani. Allora io le dico che se vuole posso usare parole più semplici, per esempio: se ti annoia tanto stare qui con me e preferiresti essere altrove, perché cazzo stai con me?

Quanto sei *sempre* esagerato, mi dice. Da una cosetta da niente tiri fuori un dramma. E sbuffa, con le gote pallide che diventano tonde come quelle di una bambina.

Sbuffa pure, le dico. Sbuffa pure con comodo. Io domattina vado a Timbuctù. Così magari parli un poco anche con me.

Ma se parlo con te a Timbuctù, mi dice Agnese, poi si offende quello che è qui al tuo posto che cammina insieme a me.

Sorrido. Anche Agnese sorride.

# Ventidue

Dobbiamo fare attenzione con i soldi, Giulio, dice mia madre mentre mescola il sugo. Appoggia il cucchiaio di legno sul piano di marmo della cucina, come sempre lo lascia sgocciolare dove capita, tra mia madre e la cura domestica non c'è grande confidenza. Nei lucenti occhi azzurrissimi, ficcati tra le rughe con impavida indifferenza agli anni, non vedo traccia d'ansia o di paura. Grazie alla sua sublime irresponsabilità, mia madre è sempre vissuta nella più totale noncuranza economica; il piccolo ma rispettabile patrimonio dei suoi genitori e il lavoro di mio padre, soprattutto negli anni d'oro dell'ebanisteria, le parevano baluardi inespugnabili. Ma il gruzzolo che ci mantiene entrambi si consuma, inesorabilmente; l'affitto che ci paga la vecchia Oriani e il mio stipendio (si fa per dire) di ricercatore (si fa per dire) non assomigliano neppure alla lontana a una garanzia di mantenimento; e il fatto che perfino mia madre se ne stia rendendo conto mi sembra la prova schiacciante che siamo messi male; o stiamo per esserlo.

Le chiedo se ha dovuto vendere altre azioni. Mi dice che il signor Insoardi (il suo bancario di fiducia) le ha detto che dovrà farlo molto presto. Le dico che "molto presto" è un termine piuttosto vago. Mi dice che è ora che vada io a parlare con Insoardi, ormai di queste cose dovrei occuparmene io, lei è una povera vecchia. Come dice "sono una povera vecchia" mia madre, non lo dice nessuno. Non credo sia stata una grande attrice, e per dirla tutta non credo sia mai stata davvero un'attrice, ci avrà solo provato con il premuroso ausilio di qualche fidanzato regista o attore, prima che intervenisse mio padre a redimerla dalla vita dissoluta dell'artista. Ma quando dice "sono una povera vecchia" fa capolino la vera attrice; esattamente come quando dice "guarda che io ho fatto Ibsen" si intuisce, all'opposto, la sua disfatta mai ammessa, con il nome dell'Autore puerilmente sbandierato per nascondercisi dietro.

Le dico che ci andrò, da Insoardi, e anzi avrei già dovuto andarci da un bel po' di tempo, almeno da quando è morto papà. Lo prende per un rimprovero, e forse lo è; Giulio, mi dice, non ho mai voluto coinvolgerti in queste seccature per non farti pesare la nostra situazione. E poi non mi sono resa conto di come passava il tempo, chi l'avrebbe mai detto che hai trentaquattro anni...
Trentasei, mamma. Sto per compierne trentasei.
Trentasei, dice in un soffio amaro. Lo sai cosa vuol dire, Giulio, che tu hai già trentasei anni? Che io sono *veramente* una povera vecchia.
In compenso sei una che ha fatto Ibsen, mamma, le dico un poco per canzonarla, un poco per consolarla. Alza le spalle, riprende il cucchiaio di legno, lo picchietta sul piano di marmo perfezionando la chiazza di sugo che poi provvederò a pulire, lo immerge nella pentola e si rimette a mescolare.
Come faremo, Giulio, quando avremo venduto tutte le azioni?
Non preoccuparti, mamma. Ci penserò io. Prima o poi avrò un lavoro decente e guadagnerò un sacco di soldi.
Mi guarda e dice: sembri me quando dico "ho fatto Ibsen".
Ridiamo.

# Ventitré

L'uomo con i capelli gialli dice che conosceva benissimo mio padre. Gli vendeva la colla, il solvente, le vernici. Mentre lo dice guarda me e guarda le Kaumakis con un sorriso ammiccante, come se essere in affari con qualcuno comportasse per forza qualcosa di losco e fosse una ragione per sentirsi allora complice di mio padre e oggi complice nostro; e come se dovesse vendere anche a noi due, di lì a breve, colla, solvente e vernici, legandoci a un suo sudicio patto.

C'è, nel suo sorriso ruffiano, una volgarità imperdonabile, anzi la sola forma davvero imperdonabile della volgarità: quella compiaciuta di se stessa, sbandierata per fugare ogni dubbio su una sicurezza sociale conquistata a scapito di ogni educazione, di ogni disciplina e di ogni decenza. Aggiunto al giallo dei suoi capelli – una tintura assurda che cerca di perpetuare, a sessant'anni almeno, il biondo della giovinezza – quel sorriso ostentato me lo rende odioso. Per quanto successo abbia avuto e per quanto ricco sia diventato – penso da quando l'ho visto scendere da un lugubre macchinone tedesco, nero e con i sedili di pelle chiara – non è nemmeno in grado di distinguere il biondo dal giallo. Per non parlare della sua offerta d'acquisto (meno della metà del prezzo richiesto) che la Kaumakis depressa mi ha annunciato con costernazione al telefono, e la Kaumakis vigorosa ha subito provveduto a mitigare aggiungendo che sicuramente questo signore può salire di prezzo, è un signore molto facoltoso.

Il signore molto facoltoso è, già a colpo d'occhio, il tipico burino fenomenale. Un cafonaccio da bar (ne ho visti parecchi come lui, ai Tre Pini) che riesce a rendere tracotante perfino il gesto innocuo di impugnare un bicchiere. Sociologicamente parlando – mi correggerebbe Ricky – si tratta di un soggetto emergente, portatore di grande vitalità dal punto di vista sia economico sia politico-culturale.

Scrutando il capannone, appena entrato, il soggetto emergente nemmeno ferma lo sguardo sulla sola evidente caratteristica che distingue il mio capannone dall'anonimo esercito circostante: la grande catasta di legname che di quell'arca abbandonata costituisce, al tempo stesso, il tesoro e la zavorra. La ignora, è troppo impegnato a parlare di se stesso e della propria irresistibile ascesa, dice che lui, di capannoni, ne comprerebbe anche dieci, non fosse che poi con le tasse *quei ladri* ci si ingrassano.

Riconosco il tono e l'intenzione polemica, è la trincea di risentimento dietro la quale in molti, dalle nostre parti, nascondono il bottino. Avere trafficato e rubato, avere arraffato e accumulato, e piuttosto che fiatare per lo scampato pericolo, accusare il mondo. Attaccare a testa bassa prima di essere costretti a difendersi. Dire ad altissima voce *quei ladri* e cercare di farsi sentire, mentre lo si dice, da chiunque sia nei paraggi, così da consumare quella definizione prima che qualcuno provveda a usarla contro di loro.

Piuttosto che vendere a uno come lui, penso mentre le Kaumakis gli illustrano con ampi gesti la vastità e la solidità del bene immobile, brucio tutto. E per un attimo, nello spicchio del mio emisfero cerebrale predisposto alla cinematografia, vedo balenare altissime le fiamme. Emettendo schiocchi spaventosi vanno a fuoco il cocobolo, il *bois serpent*, il macassar, il pernambuco e tutti i loro fratelli, finalmente liberi da una così prolungata e ingiusta cattività; e intanto esplodono i vetri sul tetto, si piegano gemendo le travi di metallo incandescente, un denso fumo inghiotte le macchine inerti. Squarzoni accorre, accorrono i pompieri, io arrivo quando tutto ormai è solo acqua e macerie, cenere fumante. Io te l'avevo detto Giulio, dice Squarzoni, che non dovevi tenerlo lì, tutto quel macassar. Gli rispondo che non deve più preoccuparsi, né per me né per il legno, finalmente tutto è sistemato per sempre. E il macassar, poi, che cosa vuoi che fosse, di così straordinario: vapore acqueo e carbonio, tutto è tornato al cielo e ripioverà con la dovuta calma sulla terra.

L'uomo con i capelli gialli, nel frattempo, si è spostato verso la sega a nastro e la sta osservando, come se si fosse reso conto solo adesso che qui dentro non siamo soli. Tocca la lama con il polpastrello, fingendo spavento per divertire le Kaumakis, e *questa roba qui*, dice, *questa roba qui* poi dove la mettiamo, la butta via lei (mi guarda) o la butto via io?

Ricambio lo sguardo. Distoglie immediatamente il suo. Dev'essere uno di quelli che temono la pur fugace compromissione umana che il guardarsi negli occhi comporta. Ma nel brevissimo istante nel quale i nostri occhi si affrontano faccio in tempo a scorgere nei suoi, che sono di un celeste molto slavato, qualcosa che assomiglia alla paura. Un'opacità sottomessa, di una sottomissione atavica, come se dentro di lui l'insicurezza fosse tale che perfino uno squattrinato come me, senza mestiere e senza futuro, potrebbe metterlo in difficoltà.

Quando li senti latrare come cani tu guardali bene, Giulio, dice spesso la vecchia Oriani. Se la tirano da padroni, ma hanno lo sguardo del servo. Se sono così arroganti, così furiosi, è perché sanno di essere servi per l'eternità, e più diventano ricchi più rimangono servi, e più rimangono servi più la loro ricchezza, invece di sollevarli, li fa sentire a terra.

Attribuisco molte delle catastrofiche sentenze della Oriani alla fine delle sue illusioni politiche, così ostinate che morendo, piuttosto che scomparire, si sono mummificate in uno sprezzante anatema su tutto ciò che è sopravvissuto. Pure devo riconoscere che ciò che sento uscire da quelle labbra rosse, strette in una perenne smorfia di supponenza, non è mai senza peso. C'è qualcosa di spesso, nelle parole della Oriani, direi addirittura qualcosa di *vero* che la forma sentenziosa, sempre troppo solenne, non riesce a disperdere del tutto. Capisco – e meglio di me lo capisce Agnese – che quella greve assertività, quasi da Sacre Scritture, è insopportabilmente estranea alla normalità della vita, e può perfino arrivare a lederla. Eppure non posso negare che l'uomo dai capelli gialli è proprio ciò che la Oriani dice – uno che se la tira da padrone ma ha lo sguardo del servo. Uno senza riscatto, uno dei tanti villani rifatti, qui attorno, che hanno ridotto a brani la loro terra, l'hanno depredata, l'hanno spremuta fino all'osso e adesso, finita la pacchia, fanno le vittime e mostrano i denti.

Guardi, gli dico, che queste macchine hanno un valore. Poche centinaia di euro, al massimo un paio di migliaia, risponde lui con ritrovata sicurezza perché è tornato sul suo terreno, la trattativa d'affari. Può darsi, gli dico, ma non stavo parlando di quattrini. Queste macchine hanno un valore perché ci ha lavorato mio padre. Se lei l'ha conosciuto, immagino che sappia quanto il lavoro fosse importante, per lui. Lo sforzo di difendere mio padre, forse per la prima volta nella vita, mi coglie di sorpresa. Quasi alzo la voce. Nel mio tono ci dev'essere qualcosa di aspro, forse di ostile, perché mi accorgo che le Kaumakis, disapprovando la piega presa dalla conversazione, arretrano di un passo, serrano le mani attorno al manico della capace borsa da lavoro e ci osservano con preoccupazione.

Lei invece che lavoro fa?, mi dice allora l'uomo dai capelli gialli con un improvviso guizzo irriverente, come se intuisse di poter toccare un mio nervo scoperto.

Ci penso. Esito. Ci ripenso. Poi gli rispondo: io non lavoro. Non ne ho bisogno. Le macchine che lei vede qui attorno sono ferme ormai da qualche anno, ma ancora oggi mia madre e io stiamo benone grazie a loro. Per questo mi piacerebbe vendere tutto a qualcuno che invece di buttarle via sia capace di rimetterle in moto.

Perché non ci prova lei, allora, a rimetterle in moto?, dice l'uomo dai capelli gialli con la feroce calma di chi sente di stare assestando il colpo di grazia a un figlio di papà nullafacente. E il colpo arriva. Sono io, adesso, che abbasso gli occhi, in cerca di una risposta della quale lui è solo il destinatario occasionale. Fisso lo sguardo sulle scarpe rosse delle Kaumakis orlate di segatura. Noto che le caviglie sono piuttosto gonfie, e i piedoni a disagio nella carena di scarpe troppo eleganti per visitare un capannone.

Sollevo la testa e dico all'uomo dai capelli gialli che trentasei anni sono troppi per imparare a fare il falegname. Sono mestieri che si imparano presto o non si imparano più. Mio padre ha cominciato a quattordici: per questo era così bravo. Sento che il mio tono non è aggressivo; nemmeno remissivo, però. È il tono, semplice e vincente, della verità, che ricolloca le cose e le persone al loro posto: il figlio di un bravo artigiano che non ha voluto o saputo fare il bravo artigiano; un piccolo commerciante avido che contava di ricavare qualche lucro dalle rovine di Capannonia e delle sue manifatture, e deve rinunciare al colpo – almeno a questo – perché il figlio di papà non svende.

La quieta oggettività della mia affermazione fa svaporare il reciproco malanimo, gli leva urgenza. Lui si sente in dovere di bofonchiare qualcosa di generico e ostile contro le vigenti leggi in materia di apprendistato, che impediscono ai ragazzi di imparare a fare il falegname. Non perdo tempo a dirgli che non sono stati *quei ladri*, a impedirmi di fare il falegname, ma il fatto che non mi è mai passato per la mente, nemmeno per sbaglio, di farlo. Avrei potuto. Ma non l'ho fatto.

Mi limito a ringraziarlo dell'interessamento. Ringrazio anche le Kaumakis, che hanno assistito con dignitosa professionalità e certamente approvano la mia volontà di non prendere in considerazione le offerte troppo basse. Poi l'uomo con i capelli gialli prova ad aggiungere una specie di rudimentale augurio sul futuro mio e del capannone. Ma lui per primo capisce che gli sta venendo malissimo, e pronuncia di spalle, avviandosi all'uscita, le ultime parole di una frase che né io né le Kaumakis possiamo udire.

## Ventiquattro

Ascolto in macchina i Kings of Leon e intanto guardo lo scorrere di questo paesaggio così inglorioso da far pensare alla totale disistima di se stesso di chi lo ha concepito e costruito. Ma quasi non lo vedo. O meglio: sì, lo vedo. Sono i miei soliti posti. Solo che la voce di Caleb Followill oggi li trasfigura. Cubi e tubi, là fuori, vibrano, perfino danzano, come se bastasse, a risvegliarli, il passaggio di una vecchia Ford con un tizio a bordo che sta ascoltando, a volume altissimo, *California Waiting*. I momenti di esaltazione, per uno che ha il mio carattere (un carattere che disapprova i momenti di esaltazione), sono molto rari. Ma quando capitano lasciano il segno.

Assorbo da ogni poro la musica dei Kings e la voce di Caleb, come una spugna, e me ne saturo talmente che sento cambiare la percezione di me stesso e di quello che mi circonda. Se uscissi dalla mia vecchia Ford, come il genio dalla sua lampada, solleverei questo vecchio paesaggio arrugginito in un immenso turbine e gli darei finalmente forma. Pezzo per pezzo, lo farei finalmente scintillare non solo per averlo scosso dalla sua polvere, ma per averlo saputo ridisporre secondo un ordine, salvandolo dall'avvilimento del disordine. Sarebbe la mia sagoma, eretta in mezzo a questo sfasciume di muri casuali e strade senza direzione, a fare da cardine a questi vecchi spigoli. Sarebbero i miei passi sonori a battere il ritmo del mondo, come quando, da ragazzino, camminavo solitario nei boschi prealpini, orgoglioso di avere lasciato la mano di mia madre. Quando l'aria nei miei polmoni diventava me e io diventavo lei, nell'osmosi magnifica della vita.

Questo sì che è un selfie, ragazzi: il vecchio Giulio Maria che scende dalla sua vecchia macchina e diritto in piedi sul ciglio della strada, in tutto il suo metro e settantotto di carne e nervi, con le suole ben piantate sull'erba grama ai bordi dell'asfalto, alza le braccia e restituisce forma al mondo. Nuvole nere, spicchi di celeste, profili di fabbriche, finestre spente, strade, casuali alberi: bene orchestrati dalle mie dita levate in alto, finalmente assumono un profilo credibile, rifanno il suono dimenticato della vita.

Probabilmente anche l'Oklahoma è un posto di merda. Meno di qui, senza dubbio. (Scusami Ricky, ma nessun posto può essere più di merda di questo.) Però anche l'Oklahoma, compatibilmente con le grandi dimensioni che permettono di diluire molto meglio la bruttezza, non deve passarsela male, nella classifica dei posti di merda. Ci dev'essere stato almeno un momento, nella vita di Caleb, forse da bambino, forse da ragazzo, in cui ha pensato che toccasse proprio a lui e alla sua voce salvare l'Oklahoma. Ognuno potrebbe salvare il posto dove vive. O perlomeno ha il diritto di vivere per un istante – anche un solo istante, come capita a me questa mattina – pensando che sarebbe capace di farlo.

Se non ho mai avuto la tentazione di fuggire o semplicemente di andarmene, è perché io *sono* questo pezzo di pianura. So di essere uno di qui, nient'altro che uno di qui. Lo sento con tanta implacabile precisione che, se decidessi di credere nelle fandonie e nelle divinazioni così di moda, penserei di essere stato messo al mondo da Giulio il Vecchio e Maria la Tardona come estremo tentativo di rimediare alla rovina del mio popolo e della mia terra. Come in quei film americani in cui un eroe predestinato, inconsapevole di esserlo, prende lentamente coscienza della propria missione – lui solo potrebbe.

Una delle tante fattucchiere ossigenate dei dintorni, di quelle che appaiono e scompaiono tra un pompino e un'asta di tappeti in quella patetica bolgia che è la televisione notturna, potrebbe dirmi per modica cifra che il mio concepimento in extremis era il classico Segno. E io potrei essere non dico una specie di Messia, ma perlomeno un arcangelo che annuncia una nuova vita – sia pure limitatamente a Capannonia.

So invece di essere appena un passante in mezzo a tanti, un ragazzo invecchiato senza arte né parte, ancora con l'indefinitezza di un giovane e già con la disillusione di un anziano, identico ai mille e mille che mi passano attorno in Istituto o nei locali qui intorno. L'eccezione di qualche ragazza graziata dalla bellezza, che basta da sola a illuminarla, o di qualche raro ragazzo gentile che invece di blaterare stronzate sorride muto dietro al suo bicchiere, non riesce a ravvivare il nostro colore complessivo. Che nonostante il fracasso, le smorfie, i selfie, le lucine smaltate dell'egòfono che riluchono ovunque; e addirittura nonostante la voce di Caleb Followill che riempie la mia macchina e questa mattina mi illude che tutto potrebbe cambiare, e che proprio io potrei farlo cambiare; è un grigio stiracchiato, come se neanche il grigio, ormai, bastasse per tutti.

# Venticinque

Dico a Ricky che dobbiamo assolutamente incontrare Amos Medardi. Il *puntero* che esulta con riserbo. Mi guarda sbigottito. Non è abituato, povero Ricky, a sentirmi coinvolto nel Nostro Progetto. Lo dici solo per farmi piacere, mi dice. Lo rassicuro, gli spiego che Medardi mi interessa davvero, la sua esultanza così sottotono, guidata da un misterioso pudore, esprime una tendenza anomala: a suo modo, gli dico, Medardi è un deviante.

"Deviante" fa decisamente colpo su Ricky, l'ho detto apposta: a un valente antropologo non può sfuggire la rilevanza scientifica di un comportamento deviante. Ma non abbocca subito. Capisco che sta rimuginando qualcosa perché si è levato gli occhiali, però non li agita, li tiene sospesi davanti al mento e mi scruta con aria interrogativa, ai limiti del sospettoso. Probabilmente sta vagliando se il mio interesse per l'esultanza deviante di Medardi non sia dettato dall'intenzione, poco scientifica, di pilotare la nostra relazione finale verso una conclusione che deve sembrargli gravemente faziosa: relegare tutti gli altri esultanti, i non devianti, quelli che danno in escandescenze, si sbracciano, corrono come impazziti, nel ruolo di nevrastenici imbecilli. Come posso confessare a Ricky, nonché a me stesso, che la mia intenzione è esattamente quella?

Conosco Ricky. Sarebbe capace di propormi di intervistare oltre a Medardi, per correttezza scientifica, anche tre o quattro tra gli infoiati visti fin qui alla moviola. E già mi vedo seduto ai bordi di un campo di allenamento, di pessimo umore, in attesa di domandare a un tizio tatuato, molto più giovane di me e anche di Caleb Followill, che cosa si prova quando si segna un gol, quelle domande cretine che anche le persone intelligenti si sentono in dovere di fare quando hanno un taccuino o un registratore in mano; più un altro paio di domande cretine preparate da Ricky, con minuzioso zelo, mentre io gli suggerisco di lasciar perdere. Ho l'improvvisa percezione di avere fatto un passo falso. Avevo individuato nell'intervista a Medardi una specie di salubre evasione dal prestigioso incarico ricevuto in dote dalla società per tenermi buono qualche mese ancora; ma ora temo che la mia proposta, nella testa alacre di Ricky, si trasformi invece in una catena di interviste, ovvero nell'ampliamento incontrollabile dell'impegno, fin qui modesto, che ci è stato richiesto. Una buffonata – il nostro "lavoro" – che minaccia, per via dello zelo di Ricky, di trasformarsi in un calvario.

Tento la ritirata: comunque non so se sia davvero possibile coinvolgere Medardi, dico a Ricky. È gente, quella, che fa una vita molto protetta, figurati se accetta di incontrare due pivelli come noi. Avere pronunciato la parola pivello, spesa per due più vicini ai quaranta che ai trenta, mi deprime a dismisura, ma non ho tempo da perdere per questo sconforto minore. Perché Ricky mi spalanca le porte dello sconforto maggiore: se a contattare il club di Medardi o il suo procuratore è la Facoltà, mi dice, magari si riesce a combinare l'intervista. Piace moltissimo, a Ricky, chiamare Facoltà l'affaticata istituzione che ci intrattiene, bontà sua, in attesa che perfino noi due si cominci a lavorare per davvero; o forse per scongiurare l'ipotesi. Difatti agita gli occhiali in aria, segno dell'esito fausto del suo rimuginare, e dice che faremo esattamente così: chiederemo alla Facoltà di muoversi per favorire il nostro incontro con Amos Medardi. Non aggiunge altro. Non fa riferimento ad altre eventuali interviste. Dice "il nostro incontro con Medardi" e basta. Non capisco se mi è andata bene oppure se Ricky, che è molto meno ingenuo di come sembra, aspetti un momento più propizio per incastrarmi, trascinandomi a intervistare l'intera congerie degli esultanti.

# Ventisei

C'è una festa di studenti, questa sera ai Tre Pini. Cerco di aiutare Agnese e le altre donne a governare il baccanale. Quando servo ai tavoli un paio di ragazzini mi danno del lei, non mi dispiace affatto, ristabilisce una distanza e sento di averne bisogno. È di una somma di distanze che avremmo tutti bisogno, dalle nostre parti, per ritrovare l'orientamento. Una distanza per volta, piano piano, e chissà che non si riescano a riprendere le misure al mondo. Il diciottenne che dà del lei al trentaseienne mi sembra un'eccellente unità di misura: sta parlando al doppio esatto dei suoi anni.

Non sono, i ragazzini, più tatuati e rapati dei miei coetanei. Anzi, forse leggermente meno. Le mode hanno questo di buono, che invecchiano e a poco a poco si levano di torno, almeno loro. Magari, piuttosto, rispetto a quando il ragazzino ero io, questi qui hanno qualche porcheria in più nello stomaco, pasticche che rendono pimpanti o beveroni che rendono allegri, ma nella visione d'insieme l'effetto di questa baldoria di ragazzi è piuttosto tradizionale, immaginabile nei secoli a ritroso senza troppe variazioni; è l'effetto insieme euforico e disperato di giovani coscritti in partenza per qualche guerra che fanno di tutto per divertirsi il più possibile prima di affrontare la morte. Però non c'è nessuna guerra, nessuna morte li attende se non implausibile e accidentale, e così il costante sovrattono è solo un costante sovrattono, slegato da qualunque evento, qualunque causa, qualunque incombenza, senza un prima né un dopo che spieghi la frenesia e il baccano. Se non – volendo – i diciott'anni, che sono di per sé una ragione di frenesia e baccano.

Quanto alle femmine, sono come sempre, per la maggior parte, più misteriose. Perfino le più sguaiate, che gridano e ridono per farsi largo nel mucchio, conservano un margine muto e guardingo, una dimensione di riserva nella quale trovare riparo non appena intuiscono di essersi esposte troppo. Per ogni maschio che sbraca sul proscenio c'è una ragazza, in secondo piano, che pensa quieta alle sue faccende. Capisco, guardando la scena, perché mi capita così spesso di preferire le femmine (a parte Caleb Followill e i Kings al completo) e di sentirmi più a mio agio quando sono insieme a loro: la loro circospezione mi rassicura, è come se fossero in attesa di qualcosa, come se volessero conservare energia per quando sarà il momento, mentre il rumoroso scialo di sé che fanno i maschi mi appare, ogni giorno che passa, come la prova provata che hanno perduto qualunque fede nel tempo, nel suo ritmo e nelle sue promesse. Poveri maschi.

Si capisce, per esempio, perché non esiste voce di navigatore che non sia di femmina: perfino la Gran Figa impaziente che viaggia sulla mia Ford, quando impartisce un ordine, punta tutto sulla seduzione, e include nel tono della voce (tono di madre?) l'eventualità della disobbedienza e dell'errore. Un maschio che ti chiedesse di fare le stesse identiche cose, con quel vocione netto, poco elastico, militaresco, incapace di ambiguità, verrebbe mandato a fare in culo già al primo semaforo. Qualcuno deve averci sicuramente provato, ad assumere un maschio come navigatore, magari su qualche modello molto spartano, destinato a umili, laboriose zone del pianeta dove ancora si porta rispetto al Padre e se parla una donna nemmeno la ascoltano. Ma la clientela al completo lo ha mandato immediatamente a fare in culo, il navigatore maschio, neanche il tempo di mettere in moto la macchina, neanche il tempo di sentirgli dire "raggiungi il punto d'avvio dell'itinerario", con quel vocione rozzo, e il vaffanculo erompe immediato, sonoro, quasi festoso, due maschi entrambi alla guida non possono darsi, se uno guida l'altro deve sottomettersi e non permettersi di dire niente. Hanno dovuto richiamarle tutte in fabbrica, ve lo dico io, le macchine con la voce maschile, e sostituire subito il navigatore con una signorina suadente.

Ma tornando ai ragazzini qui davanti, che sbevazzano per farsi coraggio: che cosa potrebbe suggerire, a uno qualunque di loro, uno come me? Che deve tenere duro perché un giorno, quando avrà già raddoppiato il suo pacchetto d'anni, discuterà con il Ricky di turno sul giubilo del capocannoniere dopo il gol?

Per settecento al mese?

Comunque, femmine e maschi (solo io) ne avremo bisogno, stanotte, di energia, per ripulire i Tre Pini dai detriti dell'orda. Solo che alle due passate, con uno schiocco improvviso, l'impianto elettrico collassa e ci abbandona; un cortocircuito, a giudicare dal puzzo di bruciato dev'essere saltato un fusibile; e mentre i ragazzini schiamazzano eccitati dall'imprevisto, Agnese, stringendomi un braccio, mi dice adesso come facciamo, la filippina se n'è andata, mia madre non si reggeva in piedi e pure lei è a nanna da un pezzo, restiamo solo io, la Siberiana e te, Ciccio, che non sai nemmeno da che parte si comincia. Siamo senza luce, dunque senza lavastoviglie. E tu con le mani sei sempre stato un disastro.

Non me n'è mai importato un granché, di lavorare con le

mani, non sarò proprio un intellettuale (ve l'ho mai detto? Sono un esperto di esultanza calcistica) ma ho la certezza di appartenere a una zona del pianeta che dal lavoro manuale si sta emancipando; eppure la frase di Agnese mi ferisce, e ripensandoci è proprio l'accusa di non sapere fare una cosa così basica, così normale, che mi indispone, come se Agnese mi avesse appena detto che non sono capace di camminare o di fischiare o di portare la forchetta alla bocca. Così nel buio, stupidamente, sventolo le mani davanti alla faccia di Agnese, che le vede appena, e le dico adesso ti faccio vedere io, che cosa riesco a fare con queste mani.

La giovane clientela, per fortuna, si stanca in fretta della sorpresa e dell'eccitazione provocate dal buio forzato, e a gruppi rumorosi e scomposti lascia il locale per andarsene a tracannare qualcos'altro da qualche altra parte, dopo avere pagato il conto con laboriose trattative interne e un fitto maneggio di banconote e monete, alla luce fioca degli egòfoni e di qualche candela che la Siberiana ha acceso. In breve i Tre Pini si svuotano: sui tavoli e ovunque, in minacciosa penombra, rimane una foresta di bicchieri, boccali, piatti, piattini, tazze, tazzine, posate, vassoi, portacenere. Il lampione stradale di turno qui davanti cede al locale appena un lucore fluorescente; il resto dei suoi pubblici ampère è assorbito quasi per intero dai due cipressi che incombono davanti all'entrata.

Sono le tre del mattino, la luce diurna che perfino a Capannonia interviene a soccorrere gli umani non arriverà prima di qualche ora; per fortuna, la Siberiana mostra trionfante un sacco di cellophane gonfio di candele bianche, scovato nel sottoscala. Effetti speciali da centellinare in qualche tête-à-tête o compleanno che l'emergenza ha trasformato – arrivano i nostri! – in un compatto esercito di fiammelle. Le accendiamo tutte, fissandole su qualunque supporto disponibile, e in breve tempo una luce gialla di chiesa trasfigura il locale, mai visto così bello, con il celeste anilinico delle pareti che ha perso la sua stucchevole uniformità e adesso ondeggia vago, come le ombre tremule che lo percorrono. *Sempre tu devi mettere candeli*, dice la Siberiana ammirata dalla trasfigurazione. Costerebbe troppo, risponde spiccia Agnese, parlandole di spalle: sta già sbarazzando i primi tavoli.

Mentre la Siberiana si occupa, con efficiente brutalità, del pavimento lercio, Agnese sparecchia e comincia a depositare sul bancone una quantità impressionante di vetri e di stoviglie. Per tacita convenzione è inteso che non sia io, Ciccio il maldestro, a trasportare tutto quel vetro. Ma ne deriva, per esclusione, che toccherà a me, unico con le mani in mano, piazzarmi ai rubinetti e avviare l'epica sequenza del lavaggio. Osservo la montagna precaria e fragile che si accumula velocemente, mi sembra impossibile che il piccolo lavello d'acciaio possa smaltire quella mole. Ma devo per forza far passare il cammello dalla cruna di questo ago, ho appena millantato, con Agnese, la mia destrezza manuale e tanto deve bastarmi: in fondo la vera qualità di noi maschi, anche qualora ne manchino altre, è essere così fanfaroni da costringerci, in un modo o nell'altro, a trarci d'impaccio.

Non ho il tempo di chiedermi se esista un criterio migliore, più razionale e rapido, e stabilisco di procedere come capita, pezzo dopo pezzo, empiricamente, senza lasciarmi intimidire dal mucchio esorbitante di posate e stoviglie unte, vinose, birrose, rigate di cenere, orlate di glassa, appiccicose di bave zuccherine. Non c'è sostanza rappresa che non rilasci il suo effluvio.

Riempio una tazza di detersivo. Aroma di limone. Afferro dal bancone, tenendolo ben stretto tra le dita (ho giurato a me stesso che niente si deve rompere o scheggiare, neppure un piattino da caffè), il primo mattone della mia opera grandiosa: un bicchiere. Prima lo sciacquo; poi passo la spugnetta insaponata dentro e fuori; poi lo risciacquo con cura, fino a che sotto le dita sento il vetro che riprende il suo attrito; infine esco da dietro il bancone per appoggiare il pezzo gocciolante su un tavolo che ho sistemato, coperto da una tovaglia bianca pulita, nel punto più vicino possibile al lavello, a circa un paio di metri. È, la distanza dal lavello al tavolo, il vero punto debole della catena: per appoggiare ogni pezzo devo fare due passi alla mia destra, interrompendo il lavorio accurato, concentrato in poco spazio, delle mie mani sotto il rivolo d'acqua tiepida. Ma presto, dopo pochi pezzi lavati e pochi minuti di lavoro, anche quello scarto viene inglobato nella sequenza che va prendendo forma; non suona più come un'interruzione, ma come una pausa scritta nella partitura.

Dico "partitura" perché ben presto, tra lo scroscio dell'acqua, il tintinnio dei bicchieri, il clangore dei vassoi, il secco cozzare delle ceramiche, nasce una specie di concerto. Rudimentale, minimo, ossificato: ma concerto, come in ogni lavoro materiale, come in ogni maneggio che sposti o muti di forma o modifichi il verso delle cose. Una sequenza di suoni strutturata da un ritmo. È una musica soprattutto interna, difficilmente percepibile da chi non ne è l'artefice. Da fuori è un disordinato fracasso o un petulante battito, ma chi fabbrica quella serie di suoni se ne sente parte, ne viene risucchiato piano piano, quel rumore diventa il percorso da compiere, quel rumore è la strada sulla quale si cammina.

*Tling* (bicchiere che tintinna). *Sciaaaaaaaa...* (acqua che cola). *Clunk* (piatto che tocca il fondo del lavello pieno d'acqua). *Sciaaaaaaaa...* (acqua che cola). *Ciaff, ciaff* (spugnetta insaponata che affonda il colpo). *Sciaaaaaaaa...* (acqua che cola). *Vraaaang* (vassoio che urta il rubinetto). *Sciaaaaaaaa...* (acqua che cola). E così via. Minuti che si affastellano e diventano ore, ore che passano senza poterle più contare perché contarle non conta più, tempo finalmente ingannato, ignorato, puoi avere nove anni, puoi averne novanta, non ha più importanza, sei solamente il lavoro che stai facendo. Non pensi più a te stesso. Finalmente! Non pensi più a te stesso, ovvero interrompi la principale attività dei miei contemporanei (me compreso, mica mi illudo), e anche la più nociva, la più inutile, la più inconcludente.

Se non hai le mani libere, non puoi farti un selfie.

Penso alla sega a nastro di mio padre. Al tornio di Squarzoni. Ci penso sempre più spesso, ultimamente.

Mentre la luce pastosa delle candele, da fioca che sembrava all'inizio, adesso basta allo sguardo e illumina a sufficienza ogni cosa, la massa incrostata e opaca viene lentamente restituita alla sua natura trasparente, scintillante. Passano sotto le mie dita, in sequenza casuale, non so quante centinaia di pezzi. Dallo sporco al pulito, dall'usato al nuovamente pronto per l'uso, dagli odori reflui dei resti di cibi e bevande all'uniforme profumo di pulito, dall'agonia del disordine alla guarigione dell'ordine: bicchieri bene impilati, piramidi di tazze, calici a gruppi compatti, piatti appoggiati di taglio, in piccole file, ai boccali che li sorreggono come colonne. Lame di coltello e cucchiai nei quali potresti specchiarti, forchette che tra i rebbi non hanno più traccia dei cibi infilzati poche ore prima, la luce cristallina dei bicchieri, quella ambrata delle ceramiche. Perfino la plastica dozzinale dei vassoi riacquista, mondata dall'acqua e dal sapone, il dignitoso colore dello stampo industriale.

Sei come i topini di Disney, dice Agnese ridendo alle mie spalle. Mi prendi per il culo, le dico. No, dice lei, ti sto facendo un complimento. Aggiunge: non me l'aspettavo. Invece di disturbarmi, le dico, cominciate a sgomberare il tavolo, tu e la tua amica, che non ci sta più niente. E attente a non far cadere le pile dei piatti, che sono solo appoggiati.

Le due ragazze cominciano ad asciugare e mettere via, nei posti che sanno. Con la coda dell'occhio intravvedo il mulinare degli strofinacci puliti, i gesti rapidi. Sono già arrivato a sbrigare più della metà della faccenda. Il lavoro che manca sarà molto più veloce perché ora Agnese e la Siberiana prendono i pezzi direttamente dalle mie mani e li asciugano ai miei lati, come fedeli assistenti. Ho il tempo di domandarmi se il loro asciugare è subalterno al mio lavare, o viceversa io sono il lavoratore di fatica e loro le lavoratrici di concetto, perché a differenza di me sanno dove riporre le cose. Ho ancora il tempo di rispondermi che è una domanda scema, siamo una squadra, un organismo che si qualifica nel suo insieme, non nei dettagli. Poi ho solo il tempo di andare verso la fine della notte e del lavoro, con lena rallentata, badando bene che la stanchezza che mi sta sfiancando non coinvolga le mani, il loro attento afferrare. L'ultimo piattino da caffè trova riposo nella sua scansia quando già albeggia.

Siamo sfiniti. Niente è stato rotto, tutto lavato, asciugato, rimesso al suo posto. Direi, così a spanne, che ci sentiamo felici. Agnese mi stampa un bacio sonoro sulla bocca e ride, sei stato bravissimo, Ciccio, lo sguattero migliore del mondo.

*Adesso chiudo i candeli*, dice la Siberiana.

# Ventisette

Mi chiama Squarzoni, mi chiede se so del cinese.
Gli dico: ma di quale cinese stai parlando?
Quello che adesso è di là con la russa, mi dice. Nel tuo capannone, Giulio.
La russa, secondo Squarzoni, è la signora Kaumakis, dell'Immobiliare Sogno. Mi è sempre sembrato poco opportuno correggerlo, spiegargli che dev'essere lituana o estone o una cosa del genere. Esito a far valere in sua presenza quel poco di cultura che porto appiccicata addosso, mi sono fatto l'idea che Squarzoni patisca lo scarto sociale che si è aperto tra lui e il figlio del suo vicino di capannone, diventato uno studioso autorevole (sono molto preparato sull'esultanza dei calciatori). È solo un equivoco: per fugarlo basterebbe chiarire che lo scarto sociale è tutto a suo favore. Ma questo, a pensarci bene, dispiacerebbe a me, e dunque è meglio lasciare le cose come stanno e non introdurre elementi di potenziale incomprensione, tra me e Squarzoni. Difatti gli dico che la russa, del cinese, non mi aveva detto proprio niente. Sento anche il bisogno di aggiungere, per tranquillizzarlo, che farò le mie rimostranze alle Kaumakis: non si porta un cinese a visitare un capannone senza predisporre almeno un minimo di ammortizzatori psicologici.
Come dicono tutti, qui dalle nostre parti, io non sono raz-

zista. Ma un cinese in un capannone rappresenta una possibilità molto concreta di compravendita; questo lo so io e lo sa anche Squarzoni, il quale, di qui a qualche settimana, oltre a dirmi con tono di rimprovero "tu avevi ancora del macassar" potrebbe dirmi anche "tu hai venduto il capannone di tuo padre a un cinese". Cioè, non me lo direbbe esplicitamente. Ma lo penserebbe sicuramente, e troverebbe la sua maniera per dirmelo. Per esempio, "cosa diavolo se ne farà, un cinese, di tutto quel macassar?".

Mentre sto chiamando le Kaumakis per chiedere ragione di quanto accade, e per capire se faccio ancora in tempo a raggiungere la russa e il cinese prima che comincino a rovistare tra le cose di mio padre – c'è ancora del macassar –, avverto come un fremito, uno scricchiolio, un suono minimo ma percettibile che risale a tradimento da me stesso. Come se un rumore del tutto inaspettato provenisse da un luogo abbandonato, zeppo di materia inerte, da molto tempo silenzioso. Di quei rumori che mettono in agitazione, e fino a che non hai capito che cosa li ha provocati non sei tranquillo. Andrebbe decifrato, quel rumore.

Ma già le Kaumakis, nel mio egòfono, si stanno scusando (la voce è quella della Kaumakis mesta), avevano provato a chiamarmi ma avevano trovato occupato. E comunque (subentra la Kaumakis positiva e affabile) lei e il nuovo cliente non sono ancora entrati, sono appena scesi dalla macchina e sono in cortile che guardano il capannone da fuori: se in questo momento non sono troppo lontano e se mi fa piacere, posso raggiungerli.

Capisco che Squarzoni ha avuto riflessi da pistolero. Ha visto arrivare le Kaumakis con un cliente, forse addirittura prima che scendessero dall'auto ha individuato nel cliente un cinese, e nel cinese un potenziale acquirente; e mi ha subito telefonato. Anche lui, come tutti dalle nostre parti, non è razzista. Ma un cinese davanti a un capannone è un cinese davanti a un capannone: non un viandante qualunque ma l'incarnazione del destino che incombe, del tempo che scorre (senza farsene accorgere, ma scorre) e tutto sta per travolgere, mica soltanto il macassar e gli altri legni, che in fondo sono solamente alberi, organico transeunte; anche il tornio e le lastre di lamiera, anche la Toupie e le seghe a nastro, tutta la geometrica maestà dell'inorganico (cubi e tubi), l'esercito loricato delle macchine imbullonate a terra per sfidare l'eternità e adesso in balìa di macchine più grandi di loro che arriveranno a svellerle e a smontarle, e le manderanno a morire chissà dove, riciclate in utili rottami nella più benevola delle ipotesi, oppure deportate in paesi lontanissimi come vecchi schiavi da cui spremere le ultime stille di energia, o ancora lasciate alla ruggine che le rode fuori e dentro, la spessa morchia d'olio e di segatura di ferro che si rapprende come il sangue dei morti e blocca i meccanismi inerti, non più lubrificati, il fracasso glorioso del passato – quei ruggiti, quegli ululati, quegli stridori – zittito per sempre, e quel silenzio devastante che sento ogni volta che entro nel capannone di mio padre. Non è un silenzio qualunque, è il silenzio che prende il posto di un rumore. Che testimonia la cessazione di un rumore. Le macchine di mio padre sembrano annegate nel silenzio, relitti sul fondo di un mare di silenzio.

 Mentre guido verso il capannone e penso queste cose, so che le sta pensando anche Squarzoni. Non con le stesse mie parole – le parole di uno che entra e esce dal portone di un'università – ma con sentimenti simili. Anzi più intensi dei miei, più legittimi dei miei, perché in fondo a quel mare di macchine annegate Squarzoni ci abita, ancora le mette in moto, le tocca, le adopera, provvede ogni giorno a rianimarle, a farle respirare nell'interminabile apnea che ci sta asfissiando tutti quanti. Come Geppetto che accende il moccolo nella pancia della balena: così è Squarzoni quando accende il suo tornio.

 Nessuno meglio di lui può misurare quanto è profonda

questa palude immobile che i giornali e i politici chiamano crisi. Ma non gliel'ho mai sentita pronunciare, questa parola, quelli come Squarzoni non adoperano quasi nessuna delle parole che servono a quelli come me per provare a trasformare i sentimenti in concetti. In spregio al nemico, Squarzoni mostra di disinteressarsene, del nemico. Come Agnese con gli intellettuali – non li nomina, teme che evocandoli quelli arrivino a complicare le cose – così Squarzoni con la crisi. Chissà se ha paura, Squarzoni, e se alla sua paura ha mai provato a dare un nome, una spiegazione, uno sbocco; oppure come tanti, come quasi tutti qui intorno, la vive oscuramente, passivamente, come il malato ignorante che non conosce il proprio corpo, non sa né dove né perché ha ceduto. E sente solamente la debolezza che lo assedia, le forze che lo abbandonano, i contorni e i colori così familiari farsi ogni giorno meno nitidi.

Si è veramente soli, quando si è soli in auto. Nel breve tempo, venti minuti appena, che mi occorre per arrivare in auto al capannone, lo scricchiolio emotivo che avevo inteso poco prima aumenta di volume, assume consistenza, le vaghe ombre dell'inconscio diventano immagini, escono alla luce della coscienza. Accanto alle macchine ferme che sto per raggiungere ecco mio padre, vecchissimo, col camice nero, muto e distolto – distolto da me. Non guarda me, guarda la macchina e il legno, controlla il taglio e la giustezza, sa che sta per morire ma non intende darne conto a nessuno, men che meno a se stesso. Non sta bene parlare di sé – maledetto chi dice "io".

Lavora. Mio padre lavora. Il lavoro materiale, nel suo farsi faticoso e al tempo stesso minuzioso, non lascia campo ad altra attenzione, invade e colonizza tempo e spazio, zittisce la psiche e i suoi misteriosi subbugli, il suo artefice diventa anche il suo automa: obbedisce al battito che lui stesso ha innescato. Mio padre lavora, non è capace di fare altro, da tempo immemorabile ha smesso di proteggere mia madre dalla sua inquieta debolezza e non ha mai tentato – neppure tentato – di proteggere me dal mio disprezzo per lui, per la sua decrepitezza inaccettabile, per la sua voce acuta che ripete sempre le stesse frasi zuppe di buon senso, per la sua monocorde dedizione al lavoro.

Non sto andando – capisco infine – né dal cinese né dalle Kaumakis. Sto andando da Squarzoni, e dunque sto andando da mio padre, a rendere conto a quei due del mio lavoro finto, dei miei trentasei anni appassiti, della mia incapacità di soccorrerli, perfino di accorgermi che avevano bisogno di essere soccorsi. Insomma, della mia evanescenza: che avverto – questo sì – con una lucidità a loro sconosciuta. Ho le parole, io, per dire della mia sconfitta e forse (questo pensiero mi consola) anche della loro. E se anche della loro, per la prima volta potrei scoprire nelle mie parole una utilità fin qui non pervenuta: certo non stilando rapportini su come esultano i goleador.

Forse dovrei parlarne con la Oriani, dovrei domandarle se secondo lei tra le mie parole e Squarzoni, ovvero tra me e lo sterminato deposito di rottami nel quale trascorriamo un tempo che non trascorre, sia possibile stabilire un nesso; magari potrei dire a Squarzoni qualcosa che non sa, dargli qualcosa che gli manca, tanto da sentirmi, finalmente, non solo uno che abita qui, ma uno che ci vive davvero; oppure è soltanto una mia strana, tardiva velleità – la velleità di servire a qualcosa e di fare qualcosa, a parte sgridare Agnese incollata all'egòfono e litigare con Ricky perché il suo ottimismo mi irrita.

Chissà se dalle strette labbra vermiglie della Oriani potrebbe mai uscire qualche inedita frase di incoraggiamento per il suo vecchio allievo, Giulio che è intelligente ma svogliato, Giulio che usa poco e male le sue risorse intellettuali. Risento quelle frasi, rivedo lo sguardo penetrante e severo che mi rivolgeva quando a interrogazione finita scuoteva la testa corvina, serrava le labbra rosse e mi dava sei meno. Se tu fossi uno stupido, Giulio, ti darei anche sette, ma sei intelligente e dunque potresti fare molto meglio. Potrei fare molto meglio. Ognuno potrebbe fare molto meglio.

Prendevo la sufficienza, la salvezza, però appeso allo strapiombo, il minimo per campare con il minimo della fatica, con minimo prestigio e al minimo del sollievo. Quasi invidiavo, anzi decisamente invidiavo, non solo quelli che prendevano otto, ma anche quelli che prendevano quattro, e con un sorriso ribaldo tornavano al posto allargando le braccia, salutandoci dallo strapiombo. In alto oppure in basso, comunque fuori da quel piatto livello di sopravvivenza, sei meno, che già da ragazzo mi pareva un voto di pianura, e dunque il *nostro* voto: bastava guardare fuori dalla finestra dell'aula per vedere un paesaggio da sei meno, case da sei meno, balconi, semafori e pompe di benzina da sei meno. Ancora niente sapevo dei non luoghi di Ricky, ma già mi ci sentivo languire. Solamente le montagne, lontanissime, non sempre visibili, non erano da sei meno: dal mio banco se ne vedeva uno spicchio remoto, stretto tra lo spigolo di un condominio marrone e un tabellone della Goodyear.

Quando arrivo al capannone il cinese e le Kaumakis sono già dentro. Lui, inaspettatamente, è molto giovane. Più giovane di me, addirittura più giovane di Caleb Followill. Avrà venticinque anni. Poco più di un ragazzino. Facendo la media tra età cinese ed età reale, al massimo si arriva a ventotto. È alto e sottile, ha un vestito grigio chiaro, scarpe inglesi, la camicia bianca aperta sul collo, mi saluta in perfetto italiano. Sembra non solo ricco, ma figlio di ricchi, lo rivelano i modi sicuri, cortesi senza essere ruffiani. Mi ritrovo a pensare che non ha l'aria di un cinese. Dalle nostre parti, sapete, nessuno è razzista, ma un cinese così elegante e signorile è effettivamente fuori dal canone. Le Kaumakis sono orgogliose di avere portato fin qui questo campione, lo si capisce dal sorriso convinto, da zigomo a zigomo, e dal saluto squillante che mi hanno rivolto.

Siamo sotto la catasta del legname. Il cinese la guarda dal basso verso l'alto, a braccia conserte, attentamente, e quando il suo sguardo arriva a perlustrare la cima sorride. Indica un punto piuttosto elevato della torre. Mi dice: ma quello, non è macassar? Rimango esterrefatto. E colpito al cuore. Gli chiedo come fa a conoscere il macassar (nessuno è razzista, da queste parti, ma ci risulta impossibile credere che un cinese possa conoscere un legno indonesiano. Noi sì, lui no. Prendete un mappamondo, tracciate una linea Cina-Indonesia e tracciatene un'altra Italia-Indonesia: la prima è lunga la metà. Ma voi continuerete a credere, se siete delle mie parti, che tra i cinesi e il macassar non possa esistere alcun nesso). Lui mi dice che la sua famiglia ha un importante commercio internazionale di legname, intende gestire in proprio la logistica e sta cercando un capannone in questa zona. Ma gli serve molto più spazio. Almeno il doppio.

Guardo le Kaumakis, mi aspetto che sia subentrata quella triste, per giustificare a bassa voce l'inutilità della visita. Invece c'è ancora, ben salda al suo posto, la Kaumakis fattiva, che propone il suo rilancio: possiamo unire i due capannoni, dice. Il suo e quello del vicino, immagino che anche lui voglia vendere, di questi tempi. Ne ho già parlato al signor Lin, il signor Lin dice che possiamo pensarci. Dico: ma Squarzoni non vende. Non vende nemmeno se raddoppiate l'offerta. Lo dico con un'animosità che sorprende in primo luogo me stesso.

Il signor Lin invece non è sorpreso, e sorride: proverò a parlargli io, mi dice. Vedrà che riesco a convincerlo.

# Ventotto

Leva la maglia, e il bluastro dei tatuaggi dilaga, come un liquido da un recipiente rotto. A torso nudo corre verso la telecamera più vicina e mostra un disegno o una scritta – non si capisce bene. Ci batte il pugno sopra urlando qualcosa, si intuisce che il gesto vorrebbe indirizzare lo sguardo pubblico sul tatuaggio che lui intende mostrare, forse una frase d'amore, forse una maledizione. Qualunque cosa sia, è indecifrabile in mezzo a una baraonda di segni, figure, numeri, parole. Il suo torace guizza – bluastro, sempre più bluastro – davanti al mio sguardo smarrito: non so dove guardare, non so *che cosa* dovrei guardare. Chiedo a Ricky se ha capito. Ricky, serissimo come ogni volta che è chiamato all'analisi scientifica, fa cenno di no con la testa. Dice che non ha capito. Dice proviamo col fermo immagine.

Proviamo col fermo immagine ma il risultato non cambia. Il goleador porta impressi, a fior di pelle, troppi segni perché se ne possa individuare uno in particolare. Per giunta il suo pugno, battendo insistentemente sempre sullo stesso punto, tra il capezzolo sinistro e la spalla sovrastante, più che mostrare la zona prescelta finisce per coprirla. Si direbbe che il suo busto sia riuscito ad assumere, in uno scorcio di vita pur così breve, una dimensione quasi enciclopedica. Mi chiedo se lui stesso sappia spiegare, sia pure per approssimazione, che cosa significhi, anche solo per sommi capi, il suo torace.

Propongo a Ricky di metterlo nella categoria "esternazioni fallite", già comprendente uno che inciampa in una telecamera mentre si dirige a velocità inconsulta, con gli occhi fuori dalle orbite, verso un luogo dello stadio che non sapremo mai; e un africano che invita i compagni a una danza rituale così complessa, così impegnativa, così ricca di passi imprevedibili, da escludere ogni possibile coinvolgimento (i compagni lo guardano, dispiaciuti di non poter partecipare; qualcuno batte le mani, altri nemmeno quello). Ricky era contrario da subito all'istituzione di questa categoria – esternazioni fallite – che al pari di altre giudica troppo punitiva. Tu sei veramente punitivo, mi dice Ricky levandosi gli occhiali e fissandomi da vicinissimo con uno sguardo di rimprovero. Se fosse per te, Giulio, tutti dovrebbero esultare alla maniera di Amos Medardi, cioè in pratica non esultare affatto. E tutte le altre forme di esultanza non avrebbero diritto di esistere.

A proposito, gli dico, hai notizie della nostra intervista con Medardi? Nessuna notizia, dice. Non ho il coraggio di domandargli se la Facoltà in persona gli abbia fatto sapere che no, una trasferta per fare un'intervista non rientra nel miserabile budget del nostro miserabile incarico; oppure se sia lui che ha deciso di fare resistenza passiva, perché vede nel mio acceso interesse per Amos Medardi un'ingiustificata preferenza nei confronti del *puntero uruguagio*, e una grave discriminazione nei confronti degli altri goleador. Un atteggiamento antiscientifico, e dunque un tradimento del nostro mandato e del lauto emolumento – settecento al mese, non so se ve l'ho già detto – che permette alle statistiche nazionali di annoverare noi due, Giulio e Ricky, tra gli occupati. In buona sostanza, la vera accusa che Ricky mi muove è di essere un asociale. Uno che si chiama fuori. Uno che neanche si accorge di quanto utile, quanto prezioso potrebbe essere il suo ruolo. Se solo volesse.

# Ventinove

Il terzo cinghiale mi appare in sogno. Sono seduto su un grande tagliaerba rosso. Devo tosare a regola d'arte un campo da calcio, secondo il nitido disegno a cerchi concentrici che ho visto tante volte, insieme a Ricky, nei nostri file; sempre domandandomi come diavolo fanno, gli addetti, a condurre quella traiettoria perfetta, che non presenta discontinuità; chissà se partono dal centro, tracciando una spirale a cerchi sempre più larghi, o dall'esterno, andando a chiudere la spirale al centro; ma non capisco come e non capisco dove, visto che di un vero e proprio "centro", in quei cerchi d'erba, non si vede traccia.

Sto dunque cercando di capire da dove cominciare, dove si trova il bandolo del mio percorso. Come direbbe la Gran Figa, "il punto d'avvio dell'itinerario". Ma non lo trovo, e guido il tagliaerba in giro per il campo senza metodo e senza meta, con le lame ancora sollevate da terra in attesa di capire dove abbassarle, dove lasciare il segno. Sono in ansia, il tempo è poco, la partita imminente. Lo stadio è ancora vuoto, ma so che il pubblico sta per entrare. E mi vedrà sperso sul campo, sola presenza crudelmente esposta al suo sguardo impaziente e spietato; e quasi subito prenderà atto che si sta muovendo, l'uomo sul trattorino, senza costrutto, senza sapere dove andare e cosa fare. Per giunta il volante non risponde bene; come se qualche sbullonatura dolosa lo avesse reso lasco. E questo mi sgomenta perfino più della mia inettitudine: è un boicottaggio? Ma chi può avere interesse a boicottare uno come me, già socialmente alla deriva, già sconfitto?

In quel sottile, ambiguo spazio di dibattito tra incoscienza e coscienza che a volte si schiude nella psiche di chi sta sognando – specialmente all'alba, quando il risveglio incombe – sento il me stesso già semicosciente disapprovare il me stesso ancora sognante: nessuno ti boicotta. Sei tu che sei un coglione. Non ti compiangere: esci subito da questo sogno, che è solamente un sogno.

È solamente un sogno ma prosegue, imperterrito. Davanti al tagliaerba, nel campo vuoto, verde e gigantesco, ecco il cinghiale. È al limite dell'area di rigore. Al centro della lunetta. Immobile sulle zampe, l'enorme testa zannuta puntata verso la porta. Non dà segno di essersi accorto di me, della sagoma rossa del tagliaerba e del suo fracasso. Ormai a pochissimi metri da lui spengo il motore e scendo, temo la bestia ma devo per forza spostarla, devo finire il mio lavoro. Per essere più onesti: dovrei almeno riuscire a cominciarlo. Prima che il pubblico entri e si accorga che non ho combinato niente. Prima che lo sterzo si spacchi, stroncando anche le mie ultime illusioni di fare quello che devo.

Batto le mani per farlo fuggire. Non si muove. Gli urlo di andare via. Via! Non si muove. Faccio due passi e gli sono a fianco. Non capisco se la sua immobilità mi rassicuri o mi terrorizzi. Non può non essersi accorto della mia presenza. Ma non fugge, e nemmeno si volta verso di me per caricarmi infurentito. Fissa la porta, a testa bassa. Ormai sento il suo respiro fluire dalle narici, con un basso sibilo, e lo vedo spostare l'erba, pochi centimetri sotto.

Allungo una mano per toccarlo. Il movimento è lentissimo, di disperata spossatezza, come nei sogni quando non riesci a muoverti neppure di quel poco che basterebbe a salvarti. Ma finalmente la mano supera la distanza – infinita – tra il desiderio e il suo compimento, e tocca la bestia. La tocca sul dorso, sulle setole spesse, che nel cinghiale morto (quello della realtà) mi avevano colpito per la durezza irta, quasi minerale. Nel cinghiale del sogno le scopro invece morbide. Il palmo della mano affonda nel fitto pelo con una confidenza imprevista, che mi strugge. Mi viene da piangere. Sento calore, e nel calore il riflesso del gran sole che soltanto adesso avverto inondare il campo deserto. La bestia ha un fremito, gira il muso nella mia direzione ma non quanto basta per capire se il minuscolo occhio nero, ficcato sopra il ricciolo d'avorio della zanna, stia guardando me o gli spalti vuoti o la bandierina gialla del corner che penzola inerte – non c'è vento, tutto è immobile – o altra inconoscibile cosa. Sento il suo odore di selvatico, e quello di terra smossa che essuda dal grugno vibrante. Mi inginocchio per essere più prossimo alla sua testa, più confidente con quella mole nera che sembra volermi accettare, o addirittura accogliere. Forse per abbracciarlo, forse per riuscire finalmente a incrociare il suo sguardo, cingo con il braccio destro il suo collo massiccio cercando di fargli ruotare definitivamente il muso verso di me. Vorrei che mi guardasse, per poterlo finalmente guardare.

Ma la mia stretta obliqua non ottiene effetto. Al contrario, indifferente al contatto, la bestia torna a puntare il muso verso la porta. Sento il suo dorso fremere brevemente, capisco che sta per partire, faccio appena in tempo ad allentare la presa, alzare il braccio, battergli il palmo della mano poco sopra la coda, come si fa con i cani per complicità e incoraggiamento; lo vedo schizzare verso la porta, lacerare la rete come se fosse di carta, sparire dentro la foresta scura che, dietro la porta squarciata, ha preso il posto dello stadio. Mi sveglio con la mano che ha cinto la bestia in sogno intorpidita sotto il cuscino e sotto il peso della mia testa. La annuso, nella speranza assurda che porti ancora traccia dell'odore del cinghiale.

# Trenta

Ho bevuto parecchio. Nel cielo sopra Capannonia vedo due mezzelune. Lo so benissimo che è una sola, sdoppiata. Ma io dal bar Ai Tre Pini, pianeta Terra, ne vedo due. Tento lo sforzo di riunirle, di ricondurle all'unità che so essere vera. Rimangono due. Sono troppo ubriaco per rimettere in asse lo sguardo. Allora decido di arrendermi a quello che vedo: due mezzelune nel cielo sopra Capannonia. Perfettamente uguali, fianco a fianco, ai miei occhi brilli è bastato divaricarle di un paio di centimetri, nel minimo emisfero del mio sguardo, per allontanarle l'una dall'altra, lassù nel grande cielo infinito, di almeno un paio di galassie. È come nelle rotonde: lo sbaglio in partenza è solo di pochi gradi, all'arrivo sei in un altro fuso orario. In un altro mondo.

Stanotte finalmente l'ho capito, perché continuano a fabbricare rotonde: per farci capire che il nostro destino è sbagliare strada. Se poi la Gran Figa ci rimprovera e ci intima di fare inversione a U, basta spegnere il navigatore e mettere i Kings of Leon. Sai quante doppie mezzelune avrà visto, in Oklahoma, Caleb Followill? Con quello che beve e che fuma quella benedetta gente...

Penso che da domani, ammesso di non svegliarmi con un mal di testa troppo forte, potrò finalmente impugnare l'egòfono da pari a pari, come tutti gli altri, e partecipare anche io al Grande Dibattito. Quello di quelli che "a me non la danno mica a bere". Dicendo a tutti: lo sapete perché continuano a costruire le rotonde? Per farci capire che il nostro destino... ma questo credo di averlo appena detto.

Ci sono due mezzelune nel cielo sopra il mio tavolino, dove siedo pacifico e vinto. Sto cercando di calcolare qual è quella vera, quale il suo doppio illusorio, tappandomi con una mano prima un occhio, poi l'altro, quando Agnese mi porta un altro drink. Non dovrei. Nella norma, un altro drink potrebbe anche ammazzarmi, farmi cadere fulminato da questa sedia di alluminio identica a milioni di sedie di alluminio sparse nei bar di tutto il mondo. Non è che si riescano a vedere tre mezzelune, con un altro drink. All'improvviso se ne vedono zero e ci si ritrova stesi da qualche parte, con qualcuno che ti fa vento e ti dice "non è niente, hai solo bevuto troppo". Ma questa sera no, un altro drink posso permettermelo, questa sera è speciale. La resa, questa sera, è finalmente data. Subisco quello che mi porta la vita, dopotutto niente di così terrificante, un paio di Martini, un altro paio di beveroni innominati, cose di Agnese o della Siberiana, cose che se ti opponi, soccombi; se le accetti mansueto, vedi due mezzelune e sei contento di vederle.

Ho trentasei anni. Non ho fatto niente di utile, niente di bene accetto. In compenso ho fatto parecchie volte l'amore con Agnese. Lo so, sono capaci tutti: ma intanto è toccato a me, è a me che Agnese ha detto vieni, sdraiati pure qui accanto, dormiamo insieme. Per me questo conta. Eccome se conta. Per uno nato tardi, venuto al mondo già anacronistico, è stato un vero e proprio colpo di culo incontrare una come lei, che a parte quel lussuoso bianco e nero da diva del muto vive qui in mezzo come se viverci fosse la cosa più normale del mondo. Quello che davvero mi piace, di Agnese, è che se le domandassi quanto dista ogni mezzaluna da se stessa, e soprattutto quale delle due è quella vera, quale il suo doppio, mi direbbe "Ciccio, è una domanda scema, la luna è una, sei tu che ne vedi due perché sei ubriaco".

Forse mio padre avrebbe saputo, le due mezzelune, come riappiccicarle per bene, magari con un incastro a coda di rondine. Forse lo sapeva perfino mia madre, quando faceva Ibsen, qual è la mezzaluna vera, quale il suo falso doppio. E sicuramente lo sa Squarzoni, come ci si regola con le mezzelune, lui di ogni porzione di luna ha sicuramente già fatto la madreforma, deve averle cacciate da qualche parte nei suoi cassettoni, in mezzo a quel ciarpame tintinnante. Ma se le cerca, le ritrova tutte.

Non so che cosa fare. Non so che cosa risponderò alle Kaumakis quando mi diranno che Squarzoni ha accettato la proposta del cinese. Perché è proprio così che andrà a finire, è ovvio, e avrei dovuto capirlo da subito: Squarzoni è aggrappato a me perfino più disperatamente di quanto io sia aggrappato a lui, si aspetta da me, Giulio fu Giulio, chissà quale atto di coraggio, quale sfida al destino, quale rivoluzione produttiva, per non dover ammettere che non ce la fa più, non regge più l'urto del tempo. È stanco di essere l'ultimo baluardo di Capannonia, e quando accende il tornio sa benissimo che alla sua macchina non risponde più, per chilometri, alcuna altra voce di metallo. Prima le macchine, tutto attorno, erano come i lupi: all'ululato di una, cento rispondevano. Chissà quanto gli ha offerto, il cinese, a Squarzoni. Chissà quanto ci ha messo, Squarzoni, a rispondergli di sì.

Mi pesa la testa, la appoggio sul tavolino tra le braccia conserte, chiudo gli occhi, intorno a me tutto ondeggia e vacilla. Bene al riparo del buio delle palpebre metto a fuoco le mani di Squarzoni al tornio. Il pezzo da forgiare è stretto nella morsa, le mani si muovono decise, veloci, la grossa testa di

Squarzoni, china sul pezzo con gli occhiali da tornitore, affronta senza paura le scintille. Allargo il campo. Vedo Squarzoni solo nel capannone quasi vuoto, nel vasto antro è solo una piccola figura che produce una scia di scintille. Allargo il campo. Vedo dall'alto il capannone di Squarzoni e quello di mio padre uno accanto all'altro, identici, sdoppiati come le mie mezzelune di stasera. Allargo il campo. Vedo la grande distesa delle fabbriche e delle case sparse a perdita d'occhio, in completo disordine, come i detriti di un'immensa alluvione, abbandonati per tutta la pianura, contenuti soltanto dal ciglio poderoso delle montagne. Allargo il campo. Vedo la macchia grigia di Capannonia come un insieme finalmente uniforme, ridimensionato, molto meno importante di quello che ho sempre creduto e temuto, un punto qualunque della Terra, non più bello e non più brutto di tanti altri. Allargo il campo. Vedo la sfera azzurra e grigia della Terra tra le dita di Squarzoni che la solleva dal tornio, la osserva attentamente, nota un'impurità, un'imprecisione. Rimette il pezzo al tornio. Lo ritocca. Lo risolleva. Ci soffia sopra. Lo accarezza. Ora la piccola sfera gli sembra perfetta.

Squarzoni spegne il tornio.